人物叢書

新装版

与謝蕪村

よさぶそん

田中善信

日本歴史学会編集

吉川弘文館

月渓筆蕪村翁図（『蕪村遺芳』より）

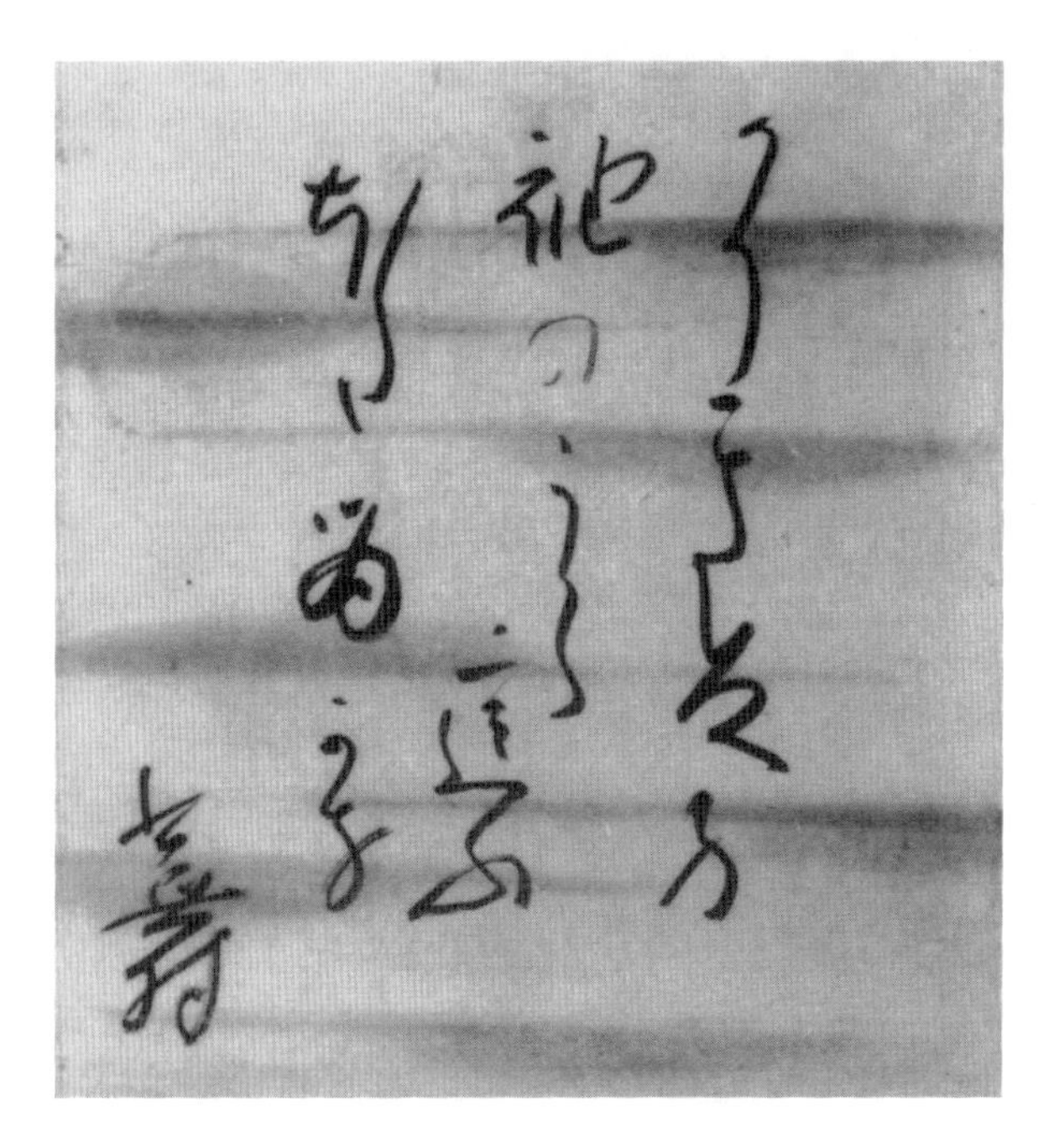

蕪村自筆色紙（柿衛文庫蔵）

かりきぬの
袖のうら這ふ
ほたるかな
蕪村

はしがき

蕪村（ぶそん）は、俳諧（はいかい）では芭蕉（ばしょう）と併称され、絵画では池大雅（いけのたいが）と併称されているが、俳諧において芭蕉に及ばず、絵画において大雅に及ばない、というのが一般的な評価であろう。このことは蕪村にとって不幸なことかもしれないが、しかし蕪村自身は、俳諧で芭蕉と併称されるようになろうとは、夢にも思っていなかったであろう。大雅と併称されることは、あるいは予想したかもしれないが、大雅とともに江戸時代を代表する画家として評価されるようになるとは、おそらく考えていなかったであろう。

蕪村にとって、俳諧は趣味であり、絵画は仕事であった。言葉を変えれば、俳諧は道楽であり、絵画は飯の種であったといってよい。だからといって、いずれもいい加減であったというわけではない。楽しむことには貪欲であり、また仕事に手を抜くような人ではなかったから、俳諧においても絵画においても常に全力投球であったと思う。しかし蕪村は、名声を求めることに汲々とするような人ではなかった。

発句集は出さない方がよい、などといいながら、晩年になって蕪村はみずから発句集を出版しようとした。なぜ発句集を出版しようとしたのかわからないが、蕪村が俳諧において死後の名声を求めたとは思われない。手紙の中で金が欲しいなどと書いているが、蕪村が金銭に執着するような人でなかったことは、おそらく誰しも認めるところであろう。彼は名利に恬淡として、人生を精一杯楽しんで生きた。悩みのない人生があるはずはなく、蕪村にももちろん悩みはあった。しかしその悩みは、彼の人生から楽しみを奪い取ってしまうほど深刻になるようなことはなかった。私は、蕪村という人をこのように考えている。

本書において私は、蕪村の伝記に関する情報をできるだけ多く記載するように努めた。スペースの関係があるから、現在知られている事実を全て記すことは不可能だが、彼の生涯を考えるのに必要だと思われる事柄は、残らず記載したつもりである。また、彼の人間性をうかがわせるエピソードは、どのようなささいなことでも取り入れるように努めた。

引用文献は、一般読者の読みやすいように大幅に表記を改めたほか、誤字を正し、特殊な当て字は現行の文字に直すなどの変更を加えた。

本文中に蕪村の手紙を多数利用したが、執筆の年月日については次のように略した（上段が本書の表記であり、□は不明の箇所である）。なお、手紙の執筆年次は、原則として古典俳文学大系『蕪村集 全』に従った。

宝暦6・4・6　宝暦六年四月六日に執筆。
明和3・9・□　明和三年九月に執筆、日は不明。
□・12・7　年次不明、十二月七日に執筆。
安永4・閏12・11　安永四年閏十二月十一日に執筆。

高知女子大学に勤めていた昭和五十年頃、半年間の研究休暇を与えられて天理市に下宿し、天理図書館に通いながら蕪村関係の資料を写すことを日課とした。その頃から蕪村の伝記を書こうと思いながら、二十年たってようやく念願を果たすことができた。未熟なものではあるが、私としては、書くべきことは書いたという思いがある。

皮肉にも、本書の執筆依頼を受けた直後に、『蕪村全集』（現在講談社から刊行中）の刊行が始まった。皮肉にもというのは、この全集の刊行により、天理図書館の資料を書き抜いた十冊ほどのノートが無用の長物と化したからである。しかしこの全集を利用できたことは、私にとってまことに幸運であった。

　本書をなすにあたって多くの先学の学恩に浴したが、特に頴原退蔵・乾猷平・岡田利兵衛・清水孝之・尾形仂の五氏の著書から得るところが大きかった。記して感謝の意に代えたい。

平成八年六月五日

田中善信

目次

はしがき
第一　修業時代……一
一　故郷毛馬……一
二　江戸の生活……三
三　関東歴行……八
四　丹後時代……四九
第二　三菓社時代……七四
一　結　婚……七四
二　屏風講……八三

三　三菓社句会……九一
四　讃岐への旅……九六
五　句会再開……一〇七
第三　夜半亭時代……一一三
一　夜半亭蕪村……一一三
二　蕪村と大雅……一二八
三　知友の死……一三四
四　几董の独立……一四四
五　暁台の上京……一五八
六　町絵師の生活……一七五
七　娘くの……一九三
第四　謝寅時代……二一三
一　謝寅落款……二一三

二　晩年の遊興……二三五
三　天明期……二三三
四　終焉……二四八
略年譜……二五五
主要参考文献……二六五

口絵

月渓筆蕪村翁図
蕪村自筆色紙

挿図

『淀川両岸一覧』上巻「毛馬」の図……三
「鎌倉誂物」(『卯月庭訓』地の巻)……一九
俳仙群会図……二一
『元文三年夜半亭歳旦帳』表紙……二三
『寛保四年宇都宮歳旦帳』表紙……三三
漁　父　図……四四
『古今短冊集』蕪村跋文……五三
大 黒 天 図……五六
天 の 橋 立……五九

妖怪画巻……六三
『花鳥篇』序……六九
野馬図屛風……八四
象　頭　山……一〇〇
蘇鉄図屛風……一〇二
蕪村点譜……一一一
『明和辛卯春』巻頭部分……一一三
角屋「檜垣の間」北面……一二五
宜春図（『十便十宜画冊』のうち）……一二九
『春泥句集』序草稿……一三七
『其雪影』挿絵……一三九
『安永五年几董初懐紙』表紙……一四六
『安永三年夜半亭歳旦帳』「雉子啼や」の挿絵……一五九
『玉藻集』巻頭部分……一六七
「我頭巾うき世のさまに似ずもがな」短冊……一六九
牛若弁慶自画賛……一九〇

『夜半楽』春風馬堤曲の冒頭部……一九七
『奥の細道図巻』「市振」の図……二〇九
「福禄寿」書幅……二一五
鳶・烏図……二一八
吉野花見懐紙……二四〇
『五車反故』序半丁・署名部分……二五〇
蕪　村　墓……二五三

第一　修業時代

一　故郷毛馬

蕪村は没後、洛東一乗寺村（京都市左京区一乗寺才形町）の金福寺に葬られた。明治十五年（一八八二）蕪村百回忌を記念して、寺村百遷によってこの金福寺の境内に「蕪村翁碑」が建立された。百遷は蕪村の高弟百池の後裔である。碑文（漢文）は明治の儒者草場船山が書いた。碑文には蕪村は本姓を谷口といい、天王寺村に生まれて丹後与謝（江戸時代にはヨザと呼んだ例もあるが、ヨザが一般的であったかどうか不明）の母の生家に養われたと記されている。船山自身「ソノ略歴ヲ詳ラカニスルヲ得ズ」と書いている通り、蕪村の出生に関するこの記事には疑問点が多いが、百池の子孫が建てたというので、多くの人に信用されて一時はこれが定説となった。しかし右の記事はすべて誤りだと思う。

蕪村は摂津国東成郡毛馬村（大阪市都島区毛馬町）に生まれた。没年から逆算して享保元年（一七一六）の出生である。伏見の柳女・賀瑞宛の手紙（安永6・2・23）で、蕪村みずから毛馬が自分の故郷だと明記しているから、故郷に関しては問題がない。この手紙で蕪村は、「余、幼童の時、春色清和の日には、必ず友どちとこの堤上（毛馬の堤上）にのぼりて遊び候」と、毛馬の堤の上で遊んだ幼い頃の思い出を記している。

彼が毛馬の出身であることは、大江丸の『俳諧袋』にも、

一、蕪村　姓は与謝氏。生国摂州東成郡毛馬村の産。谷氏なり。

と記されている。ただしこれには「丹後の与謝の人といひ、又天王寺の人といふも、別に村が所謂ありといへり」という注記が加えられている。この注記の「別に村が所謂あり」という文言は「別に村（蕪村の省略）が謂う所あり」と読むのであろうが、このように読めばこの注記は、「蕪村は与謝の人だといい、また天王寺の人だという説があるが、蕪村自身のいうところは別だということである」という意味になる。この言い方からわかる通り、蕪村の故郷を毛馬としたのは伝聞であり、大江丸が蕪村から直接聞いたわけではない。後述するように、彼は蕪村と親しくプライベートな事柄も知りうる立場にあったが、その彼も蕪村から直接故郷の話を聞いていない。蕪村の出身地を知る者は、蕪村の知人の中でもほとんどいなかったとみてよかろう。

『淀川両岸一覧』上巻「毛馬」の図（東洋文庫蔵）

『俳諧袋』は享和元年（一八〇一）の刊行だが、当時すでに蕪村の故郷について丹後国与謝説や摂津国天王寺村説があったことは注目すべきである。大江丸が、わざわざ注記を加えなければならなかった事情を考慮すると、与謝説や天王寺説の方が、当時はむしろ一般的であったと考えてよかろう。こうした異説が出てくるということは、蕪村が自分の故郷のことを、積極的に人に語ろうとしなかったことを物語っている。蕪村が毛馬の出身であることを明らかにしているのは、右に引用した柳女・賀瑞宛の手紙だけであり、蕪村の故郷に関して門人の書き残した文献はない。

生家

毛馬村は大坂近郊の淀川に面した農村である。古くは淀川河口付近の中洲で毛志島、または毛志馬と称されたが、後に毛馬になったという。江戸時代には元和五年（一六一九）から天明八年（一七八八）にかけて幕府の直轄地であり、蕪村当時の村高は（村の総石高）は九二五石余であった（日本歴史地名大系『大阪府の地名I』）。正木瓜村氏の『蕪村と毛馬』によれば、かつての毛馬村は純農村で明治の淀川大改修の頃は戸数七十戸余りであったという。

純農村地帯であるから蕪村の生家も農家であったとみて間違いなかろうが、それがどの程度の規模の農家であったか問題である。蕪村が没した直後に書かれた几董の「夜半翁終焉記草稿」（『几董句稿』「月並会句記」）の冒頭に、蕪村の出生について次のように記されている。

> おしてるや難波津の辺りちかき村長の家に生ひ出でて、鳥がなく（「あづま」にかかる枕詞）あづまの都会におほくの春秋をおくり、猶、奥の国々のこりなく遊歴して、終につぎねふ（山城にかかる枕詞）山城の都を終の栖とは定められしなり。

これによれば蕪村の家は村長（庄屋）を勤める富裕な農家であったと考えられるが、この草稿において几董は「村長」を「郷民（村民の意）」と直し、さらに蕪村追善集の

本姓

『から檜葉』に収めた最終稿では、「おしてるや浪速江ちかきあたりに生ひたちて」と改めて、蕪村の生家をうかがわせる言葉を省いてしまった。推敲の意図はわからないが、足掛け十四年間も蕪村に師事し、蕪村の厚い信頼を一身に受けていた几董が、蕪村の生家を知らなかったはずがない。その几董が草稿に「村長」と書いているから、蕪村の生家が村長（庄屋）を勤める家柄であった可能性は高いと思う。

なお瀬木慎一氏は、「郷民」をゴウミンと読めば「庄屋級の地位にあった上層の農民を意味すると考えられる」（『蕪村　画俳二道』）と述べているが、当時の用例をみても郷民にそのような特別な意味はない。たとえば蕪村と同時代の、建部綾足の『秩父縁起霊験円通伝』には「麓ノ郷民、悉ク集会シ」「郷民ドモ申ケルハ」（巻五。ルビは原本のまま。ただし濁点は私に付した）などと使われている。この「郷民」は村人の意味である。

蕪村の本姓を谷口とする説が今なお有力だが、「夜半翁終焉記」に几董は「谷氏を与謝とはあらため申されしなり」と記しているから、蕪村の本姓は谷とすべきである。通説では「谷」は谷口を中国風に一字省略したものだというが、これは谷口が正しいことを前提にした見解である。しかし谷口が正しいといえるような根拠は何もない。蕪村自身「与謝」を略して「謝」と書くことが多かったから、「終焉記」において与謝を略して謝と書いたのならともかく（「終焉記草稿」では「謝」と書かれている。ただし本姓はない）、世間に広く知られた与謝はそのままにして、世間に知られていない本姓の谷口の方を略したというのは不自然である。

谷口の姓を伝える最も古い文献は天保三年（一八三二）刊の『続俳家奇人伝』だが、この書は資料として信頼できるものではない。谷口姓の出どころも不明である。その後『俳林小伝』（弘化2序）・「蕪村翁碑」・『蕪翁句集拾遺』（明治36）と踏襲されて、根拠不明の本姓谷口が定説となったのである。なお、正木瓜村氏の『蕪村と毛馬』に「毛馬には現今では谷口とか谷とか云ふ姓の家はない」と記されている。村長まで勤めたと思われる村の名家が、没落したとみて誤るまい。

蕪村の本名や通称は不明である。「夜半翁終焉記草稿」には「この翁姓は謝、名は寅」と記すが、これは蕪村が晩年に画号として用いたものであって実名ではない。『俳林小伝』に「名信章、字春星」と記されているが、信章という名が何に基づくのか不明である。なお、春星を字（本名以外に私的に名乗る別名）とする文献が多いが、これは字ではなく別号とすべきであろう。

蕪村の両親については何もわからないが、次のような伝承がある。母は丹後国与謝郡加悦（京都府与謝郡加悦町）の人で、名をげんといった。彼女は毛馬村の村長である北国屋吉兵衛なる人物のもとに奉公に出たが、主人の手がついて妊娠し、故郷に帰って子供を生んだ。この子供が蕪村だというのである。この伝承は今日でも通説になっているが、確実な根拠があるわけではなく、取るに足らない俗説といってよかろう。

後年蕪村は三年ほど丹後で過ごすが、この時に「宅（三宅）嘯山ニ寄セ、兼ネテ平安諸子ニ柬ス」という詩を作り親友の嘯山に送っている。詩は次のとおりである。

江山ノ西ニシテ洛ヲ望メバ漫々タリ
辺音ヲ聞ケバコノ地ヲ愛スルコト難シ
只春雲ノ客意ニ似タル有リ
夜来雨ト為リテ長安ニ満ツ

一読してわかるとおり、この詩は京都を恋い慕う気持ちを述べたものである。この中に「辺音ヲ聞ケバコノ地ヲ愛スルコト難シ」という一句があるが、これは、「田舎訛りを聞くとこの地が好きになれない」という意味である。「コノ地」とはいうまでもなく丹後の与謝であり、通説によれば母親の故郷である。母親の故郷ならば、与謝に対して特別な思いがあったはずであり、蕪村が「コノ地ヲ愛スルコト難シ」などというわけがない。

両姉

蕪村の肉親についてはほとんどわからない。「終焉記草稿」に、臨終の蕪村の枕元に「両姉」がいたと記されている（最終稿ではこれも省かれた）。この記事から蕪村に二人の姉がいたことがわかるが、文献に登場する蕪村の肉親は、娘を別にすればこの「両姉」のみである。この時蕪村は六十八歳であるから、二人の姉は共に七十歳を超えていたとみてよかろう。七十を超える老齢でありながら、蕪村の臨終に駆けつけていることから、二人とも蕪村の住む京都にほど近い所に住んでいたことは確実である。私は毛馬ではなかろうかと思うが、もちろん断定はできない。蕪村が故郷を出てから約五十年、肉親の縁はなお切れていなかったのである。

少年時代

蕪村は母の故郷丹後で育てられたという説があるが、前に述べた通り、蕪村は幼いころに毛馬の土手で友達と遊んだと記しており、彼が毛馬村で成長したことは明らかである。そしてこの記事は、彼が普通の子供の幸せを十分に味わうことのできる境遇にいたことを示している。

岡田利兵衛氏著『俳画の美』に紹介されている「蕪村三回忌追悼摺物（ついとうすりもの）」に、蕪村の少年時代をうかがわせる次のような記事が見える。

桃田伊信

> 夜半翁（蕪村）、むかし池田なる余が仮居に相往来し、呉江（摂津の海辺）の山水に心酔し、且つ、伊信といへる書生に逢ひて四十とせふりし童遊を互いに語りて留連せられしも、又二十とせ余り昔になりぬ。

これを書いた田福は蕪村門の俳人として知られているが、本業は京都の富裕な太物商であり、摂津国池田（大阪府池田市）に支店があった。この文章によれば、これが書かれた天明五年（一七八五）をさかのぼること二十年ほど前に、池田の田福別邸に伊信と蕪村とが同時に滞在し、二人は四十年前の「童遊」を語り合ったという。天明五年から二十年前といえば明和二年（一七六五）であり、これをさらに四十年さかのぼれば蕪村の十歳の頃になる。伊信は蕪村の幼友達だったのである。伊信は姓を桃田といい、池田に居住した画家で明和二年に没したという。岡田氏は、彼は蕪村より二十歳以上年上だったとみているが、「童遊」とは子供同士の遊びであろうから、二人は同じような年頃であり、子供時代に一緒に遊んだとすれば同郷と考えるのが順当であろう。「夜半翁終焉記」に「この翁（蕪村）無下にいはけなきより画を好み」と記されているように、蕪村は子供の頃から絵を描くことが好きだった。伊信の方も画家になっているくらいだから、絵の好きな子供であったろう。こうした二人だから、「童遊」といっても普通の子供の遊びではなく、好きな絵を一緒に描いて遊んでいたのではなかろうか。あるいは同じ先生について、絵の手ほどきを受けたことがあるかも知れない。とにかく、田福邸に居続けて、四十年昔の「童遊」を語り合う友達のいた蕪村に、通説でいわれているような出生の暗さはない。

安永六年（一七七七）成立の『新花摘』は亡母の五十回忌の追善を意図して作られたといわれている。この時蕪村は六十二歳だから、この年が母の五十回忌ならば、彼は十三歳で母と死別したことになるが、後述するように、私はこの作品に亡母追善の意図があったとは考えていない。しかし彼の母がかなり早く亡くなったということは信じてよかろう。母のみならず父も早く亡くなっていたのではあるまいか。師宋阿（巴人）の追善集『西の奥』に、蕪村は次のような追悼句を寄せている。

　宋阿の翁、このとし頃予が孤独なるを拾ひたすけて、枯乳の慈恵ふかかりけるも、さるべきすくせにや、今や帰らぬ別れとなりぬる事のかなしびやるかたなく、胸うちふたがりて云ふべき事もおぼえぬ

　我が泪古くはあれど泉かな

この前書きから、宋阿に「拾ひたすけ」られる前の数年間、蕪村が「孤独」な生活を

送っていたことがわかる。蕪村が宋阿に入門したのは元文二年（一七三七）二十二歳の時だといわれているから、十代後半からすでに、彼は「孤独」な状態であったということになる。

孤というのは本来、親を失ったみなし子を意味する語で、それが独と熟して孤独という言葉が生まれた。江戸時代になると孤独という語は、現在と同様、単に友達がいないというような意味で使われることもあるが、本来の意味で使われることも多い。この場合は追善という特別な句文の中に用いられているから、蕪村は本来の意味でこの語を用いたと私は考える。「拾ひたすけて」という言い方からも、みなし子の自分を拾ってくれたというニュアンスが強く感じられる。蕪村は十代ですでに両親を亡くしていたとみて誤らないと思う。

「枯乳」という語は辞書にもなく意味は不明だが、私は父親のことであろうと思う。「枯乳の慈恵ふかかりける」というのは、父親のような慈愛を注いでくれた、というのであろう。

二　江戸の生活

享保二十年（一七三五）二十歳の頃、蕪村は故郷の毛馬を捨てて江戸へ出たといわれているが、故郷を出た年次を示す資料はない。

故郷を出たいきさつもまったくわからない。柳女・賀瑞宛の手紙（安永6・2・23）で蕪村は、「懐旧のやるかたなきよりうめき出でたる実情」が「春風馬堤曲」という作品になったと書いている。この手紙が書かれた安永六年（一七七七）は蕪村の六十二歳の時だが、老境に入ってとみに懐旧の情が強まったことが知られる。だが、蕪村が故郷に帰った形跡はない。この安永六年をはさんで、五年・七年・八年と蕪村は大坂に下っている。当時蕪村は京都に住んでおり、京都から大坂へ下るには淀川の乗合船を利用するのが普通だが、この乗合船に乗れば途中に毛馬の堤が見えるのである。しかし蕪村が毛馬村に立ち寄った形跡はない。「懐旧のやるかたなき」思いを胸に抱きながら、なぜ故郷に立ち寄らなかったのか。このことは蕪村の伝記上のもっとも重要な問題となっているが、それを解く手掛かりはない。確実にいえることは、故郷に帰れないような事情があったに違いない、ということだけである。

田宮仲宣は『嗚呼矣草』の中で、

　それ、蕪村は父祖の家産を破敗し、身を洒々落々の域に置きて、神仏聖賢の教えに遠ざかり、名を沽りて俗を引く逸民なり。

と書いている。蕪村は先祖の財産をすべて失ったにもかかわらず、自由気ままに生きたけしからん人物だというのである。「身を洒々落々の域に置きて云々」の語句は、晩年茶屋遊びを楽しんだ蕪村の享楽的な生活態度を批判したもので、蕪村の出郷の事情に関係はない。関係があるのは「父祖の家産を破敗し」という箇所だけである。本書は蕪村没後二十年以上も経過した文化三年（一八〇六）の刊行であり、情報の出どころも不明である。

仲宣は京都の裕福な呉服商の家に生まれたが、放蕩のために産を破り、その後は放浪生活を送りながら売文により生計を立て、時には謡や手習いの指南、あるいは儒書・国書の講釈を業とした（『日本古典文学大辞典』「田宮仲宣」）。こうした人物のいうことだから、その言説に全面的な信頼は置けないが、彼が青年時代まで蕪村と同じく京都に住んでおり、また文化三年当時、蕪村の妻や門人の月渓・月居がなお健在であったことを思うと、右の記述はまんざらでたらめとも思えない。少なくとも、当時蕪村について、「父祖の家産を破敗し」た人物だという噂があったことは認めてよかろう。

小西愛之助説

蕪村の出郷の事情については、これといった有力な説が出ていないのが現状だが、その中で小西愛之助氏の説は検討に値する。氏は、毛馬村の近村の野江(のえ)村が相次いで水害のため凶作に見舞われていることから、毛馬村も同様の状態にあったと想像し、凶作と苛酷な年貢収奪に耐え切れず、蕪村は村を捨てて江戸へ出た、と述べている。(『俳諧師蕪村・差別の中の青春』)。蕪村の号は、陶淵明(とうえんめい)の「帰去来兮辞(ききょらいのじ)」の「田園将(まさ)ニ蕪(あ)レナントス」という文句によるという説が、現在はほぼ定説となっており、これに従えば蕪村とは荒れた村の意である。そうだとすると、この号は小西説の有力な傍証になる。しかし、小西説にも問題はある。

蕪村の家は毛馬村でも有力な農家であったと考えられている。有力な農家であれば、凶作の年にも何とか食いつなぐ資産はあったであろう。こうした農家が土地を捨てて他国へ逃げ出すような状況であれば、それ以下の零細農民の多くは、当然土地を捨てて他国に逃げたと考えなければならない。つまり、蕪村が土地を捨てて出郷した年に、毛馬村にかなり大規模な逃散(ちょうさん)が発生したと見なければならない、ということになる。しかし、それを裏付ける資料はない。

結局、蕪村出郷の理由は不明とするほかはなく、どのように考えてみても、想像の域を越えるような説は出てこないだろう。確実にいえることは、彼の出郷には、二度と故郷に帰ることができないような深刻な事情があったであろう、ということだけである。私自身は『嗚呼矣草』の記事が真実に近いと考えているが、これも裏付けとなる資料は皆無である。それに、家をつぶしたということは、当の本人には極めて不名誉なことであろうが、しかしそのことが、二度と故郷に帰ることができないほどの理由になるかどうか、という疑問もある。

江戸下向の年次

蕪村が江戸へ出た時期は不明だが、享保二十年（一七三五）二十歳頃というのが現在の定説である。宋阿の門人になる前は、蕪村は沾山（せんざん）の門人であったと大江丸が書いていること（『俳諧袋』）、渭北（いほく）がまだ麦天（ばくてん）と称していた頃に彼の世話をしたと蕪村が記していること（『新花摘』）がその根拠である。しかし、これらはいずれも確実な根拠とはいいがたい。沾山は内田氏、芭蕉とも親交のあった沾徳（せんとく）の門人で、享保から元文にかけて江戸俳壇で活躍した人物である。彼と蕪村との師弟関係を記しているのは、大江丸の『俳諧袋』のみで、その裏付けになる資料はない。渭北は大坂で淡々（たんたん）に俳諧を学び、初め麦天と号した。享保末年頃に江戸へ出て、元文から宝暦にかけて江戸俳壇で活躍しているが、麦天を渭北と改号したのが元文二年（一七三七）だから（志田義秀「蕪村と淡々と三俳仙讃」『奥の細道・芭蕉・蕪村』）、麦天と号していた頃から蕪村が渭北と付き合っていたとすれば、享保二十年頃蕪村が江戸にいた可能性は極めて高い。渭北の『己未（元文四年）歳旦』に蕪村の句が見えるから、蕪村と渭北との間に何らかの関係があったことは確実である。だが元文初年頃すでに、『新花摘』の中に書かれているような親密な関係があったとすれば、元文五年（一七四〇）に刊行された渭北の『わかだわら』に、蕪村の句が一句も見えないのは不可解というほかはない。『新花摘』の蕪村の記述には記憶の混乱がある可能性がある。

結局、蕪村の江戸下向の時期は今のところ未詳とせざるをえない。尾形仂氏は「巴人（宋阿）が江戸へ帰ったときにいっしょに江戸へ下ったんじゃないか」（「対談・蕪村・その人と芸術」『国文学解釈と鑑賞』昭53・3）と述べているが、氏の推定も一概に否定できない。

宋阿に入門

江戸における蕪村の足跡がたどれるのは元文二年（一七三七）からである。この年蕪村が宋阿（巴人）の門人になっていたことは、元文三年の『夜半亭歳旦帳』によって確認される。

宋阿は下野国那須烏山（栃木県那須郡烏山町）の人で早野氏、江戸へ出て其角・嵐雪に学び俳諧師の道を歩む。享保十年（一七二五）頃京都へ行き約十年間京都俳壇で活躍した後、元文二年に雁宕に促されて江戸へ戻った。巴人・宗阿・宋阿と改号し巴人の号が一般的だが、本稿では最晩年の宋阿の号を用いることにする。

雁宕は下総結城（茨城県結城市）の名家砂岡氏の出で、夜半亭の同門として蕪村と親交を結んだことは周知の通りである。彼は宋阿の古くからの門人であったが、元文元年に上京した際、師の宋阿に江戸へ戻るように促したのである。前号を周午と称したことが、杉浦美希氏によって明らかにされた（「周午は砂岡雁宕の前号か」『文学論叢』68）。『今の月日』（享保7）に周午の絵が三点収められているから、雁宕に絵のたしなみがあったことがわかる。安永二年（一七七三）没、享年未詳。

夜半亭宋阿

江戸へ戻った宋阿は、友人露月の世話で本石町に庵を結び夜半亭と称した。露月は観世流の謡の師匠で、遊俳（アマチュア俳人）として多くの絵俳書（絵を中心とした俳書）を刊行したことで知られている。この庵については宋阿の発句集『夜半亭発句帖』の雁宕の序文に「蓬たかく荒れたる屋のありけるにはひいりて」と記されているから、相当荒れ果てた古い家屋であったらしい。本石町には時刻を知らせる時の鐘が有り、そのほとりに庵を結んだので、「夜半ノ鐘声客船ニ至ル」という張継作「楓橋夜泊」（『唐詩選』）の一句にちなんで夜半亭と称したのである。

宋阿の人柄は、彼の一周忌追善集の『造化集』に「その情、質朴にして世智に疎く、道人の風儀あり」と記されている。『むかしを今』の序文で蕪村も、世俗の噂話をすると、宋阿はそうした話を聞くのを嫌がって、耄碌して聞こえないようなふりをしたと記し、「いといと高き翁にてぞありける」と追慕している。「高き」とは、徳が高いということで、つまり人格者の意である。『むかしを今』の序文には、また次のようなエピソードも記されている。ある夜宋阿は「それ俳諧の道や、必ず師の句法になづむべからず。時に変じ時に化し、忽焉として前後相かへりみざるがごとくあるべし」と蕪村に説いた。師の句法に固執せず、時の変化に応じられるように心を無にせよ、ということなのであろう。この言葉により、「俳諧の自在」を知ったと蕪村は書いている。いずれも宋阿の人柄を彷彿とさせるエピソードである。

蕪村が入門した元文二年当時（蕪村は二十二歳）、宋阿はすでに六十二歳になっていたが、生涯を独身で通した彼には面倒を見てくれる子供はいなかった。宋阿入門後、蕪村は師の家に同居して内弟子のような存在であったと考えられているが、おそらく蕪村は宋阿の生活の様々な面に深いかかわりをもち、ほとんど親子同様の関係であったとみてよかろう。すでに述べた通り「予が孤独なるを拾ひたすけて、枯乳の慈恵ふかかりける」（『西の奥』所収、蕪村の宋阿追悼句前書き）というのは、単に師弟関係を結んだということではなく、生活の面でも宋阿が蕪村の後ろ盾になっていたことをうかがわせる。

後年蕪村は、宋阿が俳書を編集する時は、「未巻」（意味不明）のものは残らず蕪村に相談し、宋阿独吟の連句は一々蕪村に相談したと書いている（几董宛、日付なし）。当時の蕪村は二十代の前半から後半に移る時期であり、当時の年代感覚からすれば中年に差しかかる時期であったが、俳諧ではなお無名の初心者に過ぎなかった。その蕪村に、老練の俳諧師が一々自分の作品の相談をしているというこ

「鎌倉誂物」（『卯月庭訓』地の巻）

とは、宋阿が蕪村の才能を高く買っていたことを示していると同時に、師弟の域を超えた二人の親密な関係を物語っている。

元文三年に刊行された『卯月庭訓』（露月ら編）という絵俳書に、蕪村の自画賛が収められた。立て膝で手紙を読む洗い髪姿の女性の姿を描き、

鎌倉　誂物

尼寺や十夜に届く鬢葛

と賛句を記して「宰町自画」と署名する。宰町は蕪村の初号であり、この句と絵は蕪村の最初の作品である。現在この絵の評価はきわめて低いが、俳書の挿絵で絵の技量を云々してみてもあまり意味がないのではなかろうか。

右の「尼寺や」の句は、尼寺には無縁のはずの鬢葛（髪油の一種）を尼寺に取り合わせたところに面白さがあるが、こうした趣向の面白さを主とする句が当時の流行であった。宋阿は芭蕉の高弟であった其角・嵐雪の門人だから、当然芭蕉の流れを汲んでいる。しかし其角・沾徳（芭蕉の門人ではないが、芭蕉没後、其角とともに俳壇の主流を形成）から、趣向の面白さを主とする作意的な江戸座の俳諧が生まれ、宋阿の頃の江戸の蕉門俳諧は芭蕉在世当時の俳風とは大きく異なっていた。宋阿の交友圏はそのまま蕪村の交友圏であった

が、この中には江戸座系の俳人が多く（清登典子「蕪村と江戸俳壇―関東在住時代の俳環境」『国語と国文学』昭58・8）、その中にあった蕪村は、当然趣向を重んじる江戸座風の俳諧に親しむことになる。後年蕪村は、江戸にいた若い頃『みなしぐり』『冬の日』の高邁（こうまい）な俳風を慕ったと述べているが（「桃李（ももすもも）草稿」に添えた几董の譲り状）、現存する蕪村の当時の作品からそうした志向をうかがうことはできない。

俳仙群会図（柿衛文庫蔵）

西鳥

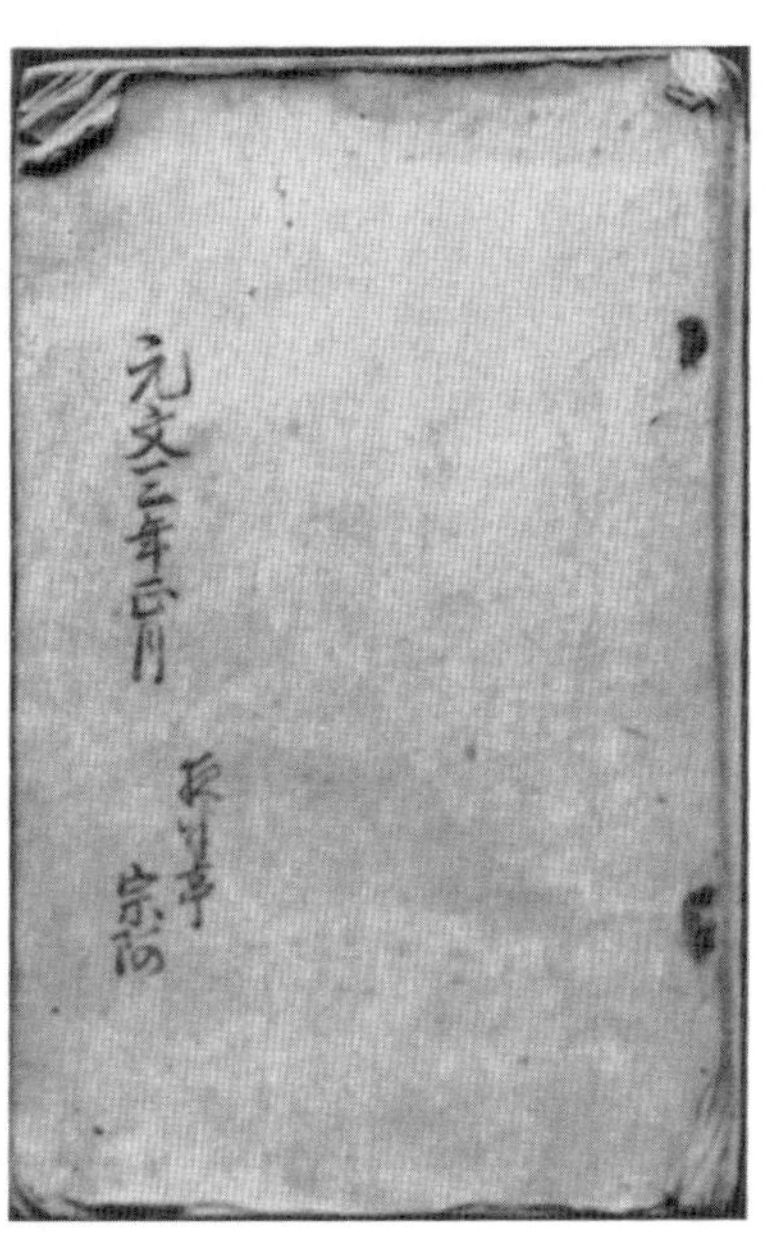

『元文三年夜半亭歳旦帳』表紙（中村家蔵）

なお、享保年間に江戸で活躍した足立来川の門人に西鳥という人物がいる。一時この西鳥が宰町（蕪村）の前号ではないかと考えられたが、西鳥と宰町が別人であることは加藤定彦氏によって立証されている（「来川門の西鳥・寸長・半路について」『近世文芸研究と評論』6）。

俳仙群会図

通説では、この頃に「俳仙群会図」が描かれたといわれている。この絵に添えた蕪村の賛文に、「この俳仙群会の図は、元文のむかし余弱冠の時写したるもの」と記されていることが通説の根拠になっているが、清水孝之氏は早くからこの賛文に疑問をもち、この絵は蕪村の四十代から五十代にかけての作だという独自の説を打ち出した（「十四俳仙図について」『蕪村の遠近法』）。その後、尾形仂氏も「その落款・印章によれば、やはりこの丹後時代の作」（「蕪村とその時代」『続芭蕉・蕪村』）と述べているが、両氏のいうとおり、私もこの絵は蕪村四十代の丹後時代の作だと考えている（「俳仙群会図の問題点」『白百合女子大学紀要』30）。

十年間も江戸を留守にした宋阿には、雁宕を除いてはこれといった有力な門人もいなかったようだが、かつての知人や門人の協力を得て元文三年（一七三八）に歳旦帳（さいたんちょう）を出した。門人知友の歳旦・歳暮の句を収録して毎年歳旦帳を出版することが、宗匠の重要な役目である。記念すべき夜半亭の最初の歳旦帳は、紙数十三枚（全二五頁）というささやかなものではあったが、これによって夜半亭という新しい俳諧結社が江戸俳壇の一角に誕生したのである。これを見ると新規に加入したらしい江戸の俳人もかなり多いが、主力は宋阿の出身地の烏山と、雁宕の出身地結城の俳人たちで占められている。この時すでに六十四歳になっていた宋阿に、積極的に一門の勢力を拡大しようという気持ちがあったとは考えられないから、夜半亭の経営はもっぱら雁宕と蕪村に任されていたのではなかろうか。

夜半亭歳旦帳

この歳旦帳に蕪村は、

君が代や二三度したるとし忘れ　宰町

という句が一句入集する。翌年元文四年の歳旦帳でも一句、その翌々年の寛保元年

（一七四一）の歳旦帳では二句（内、一句は付句）入集するが、歳旦帳の入集状況で見る限り、夜半亭一門の中で蕪村が特に重きをなしていた様子はない。

元文四年の歳旦帳に風篁・阿誰（蛙吹）・田洪の名が初めて見える。風篁は常陸下館（茨城県下館市）の人で中村氏、下館藩の御用達を勤める名家であったという（富高武雄『俳聖蕪村の結城時代』）。蕪村の『新花摘』に「ならびなき福者」と記されている人物である。阿誰は下総関宿（千葉県東葛飾郡関宿町）の人で箱島氏、「家産又繁り栄えて邑に魁たり」と三宅嘯山は記している（浙江編『その人』）。田洪は結城の人で早見氏、蕪村の俳詩「北寿老仙をいたむ」で有名な晋我の息子である。早見家のことについては後述する。いずれも蕪村と直接関係のあった人々である。

この歳旦帳には、

不二を見て通る人あり年の市　　宰町

という一句が入集するが、このほか、この年の渭北と楼川の歳旦帳にも宰町の号で入集する。

この後、風篁の分家の下館の中村大済なども夜半亭一門に加わっている。大済の妻は雁宕の妹だというから、夜半亭一門の有力者の多くは雁宕の人脈に連なる人々であったといってよい。これら北関東の富裕な町人の加入は、夜半亭を経営してゆく上で大きな力になったと考えられる。後に蕪村が北関東に十年ほどの放浪生活を送りえたのも、こうした人々の援助があったからである。

元文四年（一七三九）に其角・嵐雪三十三回忌の追善集として『桃桜』が宋阿によって編集された（元文四年十一月宋阿跋）。蕪村は「予その頃（元文頃）や膝前に筆をとりて師の半臂をたすけ、ももさくらの編集なれり」（『つかのかげ』）と述べているから、彼は師の宋阿を助けて編集に力を尽くしたのであろう。「半臂をたすけ」というのは、師の片腕となって働いたという意味である。

本書において蕪村は二巻の歌仙に宰鳥の号で参加したほか、次の発句一句が入集した。

擂鉢のみそみめぐりや寺の霜　　宰鳥

これが宰鳥号の初見だが、この年正月発行の夜半亭歳旦帳には宰町の号で入集するから、宰町から宰鳥への改号は元文四年中であったことがわかるが、改号の理由は不明である。

歌仙二巻の内、百太興行の百太・宋阿・故一・宰鳥・訥子の五吟歌仙は、蕪村と歌舞伎役者の接触がわかる最初の資料として貴重である。故一は歌舞伎作者の初代中村重助、訥子は歌舞伎役者の初代沢村宗十郎だが、この頃の宗十郎は二世市川団十郎と並ぶ江戸歌舞伎の大立者である。百太も歌舞伎関係者とみてよかろうが、まだ人物を特定するに至らない。彼の句は、宗十郎の大坂行の送別句集『置土産』(寛保3)に見えるほか、『わかだわら』(元文5)や『俳諧富士拾遺』(宝暦4)にも見える。百太は俳号であろうが、歌舞伎役者の名鑑類に俳号を百太と称する人物は見当たらない。

彼らの句は夜半亭の歳旦帳にも見えているから、宋阿と親しい関係があったことがうかがえる。宋阿は二世市川団十郎の編集した『父の恩』(享保15)に京都から句を送っているから、早くから歌舞伎役者と交際があったらしい。このような師のもとにあって、蕪村もまた歌舞伎の世界に直接触れる機会に恵まれたのである。故一の句は蕪村の編集した『寛保四年宇都宮歳旦帳』にも見えているから、故一と蕪村の交際は宋阿没後も続いていたのであろう。

宋阿の死

寛保二年(一七四二)六月六日、蕪村二十七歳の夏に宋阿は六十七歳で没した。江戸の夜半亭一門はまだ規模も小さく、基盤もしっかりしていなかったから、宋阿の死とともに夜半亭という俳諧結社は消滅した。

阿誰の追善集『その人』の序文で、存義は次のように記している。

月泉阿誰ははじめ夜半亭の門人なりしが、宋阿いまそかりける時、阿誰・大済ふたりは余が社中たるべきのこと約せしより、机下に遊ぶこと年あり。もとより、夜半亭とあが水魚のまじはりあつきがゆへなり。

これによると、阿誰と大済の二人を存義に託すことを、宋阿は生前すでに決めていたようである。彼らは夜半亭の経済的基盤を支える有力な門人である。こうした門人を存義に託したということは、宋阿に自分の死後夜半亭を存続させる意志がなかったことを示している。彼は、夜半亭は自分一代限りのものと考えていたのであろう。蕪村と雁宕は存義の門人にはならなかったが、存義とは密接な関係を結び、夜半亭一門は事実上存義一門に吸収された形となった。

存義はもと三浦家に仕える武士であったが、致仕した後に俳諧師になった。俳諧は二世青峨門で、後に江戸座と呼ばれる俳集団の代表的宗匠として活躍した。天明二年(一七八二)没、年八十。

夜半亭の消滅

夜半亭一門が消滅した結果、蕪村は生活の基盤を失った。それまで宋阿と蕪村の生活がどのようにして支えられていたかわからないが、宋阿の宗匠としての収入が彼らの生活を支えていたことは間違いなかろう。宋阿没後の状況を、『夜半亭発句帖』の跋文で蕪村は次のように記している。

> 阿師（宋阿）没する後、しばらくかの空室に坐し、遺稿を探りて一羽烏といふ文作らんとせしもいたづらにして、歴行する事十年の後、飄々として西に去らんとする時、雁宕が離別の辞に曰く、再会興宴の月に芋を喰ふ事を期せず、倶に乾坤を吸ふべきと。

宋阿没後、蕪村は主のいない夜半亭に住み続け、『一羽烏』という師の遺稿集を編もうとしていたのだが、しかしそれが成就しない内に夜半亭を捨てて、関東歴行の生活に入ったのである。

三　関東歴行

宋阿が没して生活の基盤を失った蕪村は一時結城の雁宕のもとに身を寄せた。その後定住の場をもたない浮草のような生活が、寛保二年（一七四二）二十七歳の時から宝暦元年（一七五一）三十六歳の時まで、ちょうど十年間続くことになる。『夜半亭発句帖』の跋文にいう「歴行する事十年」である。

江戸を離れた後の生活を、『新花摘』の中で蕪村は次のように記している。

> いささか故ありて、余は江戸をしりぞきて、しもつふさ結城の雁宕がもとをあるじとして、日夜俳諧に遊び、邂逅にして（偶然に）柳居が筑波まうでに逢ひてここかしこに席をかさね、或ひは潭北と上野に同行して処々にやどりをともにし、松島のうらづたひして好風におもてをはらひ、外の浜の旅寝に合浦の玉のかへるさをわすれ、とざまかうざまとして、既に三とせあまりの星霜をふりぬ。

これを見ると、歴行十年のうちの最初の三年は、まさしく行脚俳人の生活そのものである。彼はいったん雁宕のもとに身を寄せた後、潭北の供をして上野（群馬県）あたりを遊歴し、その後東北旅行に出掛けたらしい。潭北は蕪村の師の宋阿と同郷の下野烏山の人である。『民家分量記』や『民家童蒙記』などの啓蒙書を著した知識人で、享保期には江戸俳壇で活躍した。延享元年（一七四四）七月、六十八歳で没しているから、蕪村より四十歳近く年上であり、蕪村と行を共にした時は最晩年であった。おそらく蕪村は随行者という形で潭北と旅をしたのであろう。

蕪村の東北行脚の詳細はほとんどわからない。この時の蕪村の足跡で他の資料からわかることは、夏に九十九袋（秋田県南秋田郡八郎潟町夜叉袋）にいたことと、初冬十月に那須野の遊行柳を見物したことだけである。

蕪村の「月夜卯兵衛自画賛」に、

出羽の国よりみちのくのかたへ通りけるに、山中にて日くれければ、からうじて九十九袋といへる里にたどりつきて、やどりもとめぬ。……

という前書きがあり、「涼しさに麦を月夜の卯兵衛かな」（「涼しさ」は夏の季語）という句が記されている。自画賛はかなり後の作だが、句はこの東北行脚の時のものであろう。

また『蕪村句集』に収められている、

遊行柳のもとにて

柳散り清水涸れ石処々

という句も、この行脚の途中に作られたと考えられる。遊行柳は栃木県那須郡那須町芦野にある西行ゆかりの柳で、『おくのほそ道』の途次芭蕉も訪れている。『反古衾』に収められた際に付した前書きによれば、陰暦十月に詠まれた句である。

このことから、蕪村が夏から冬にかけて東北を行脚したことがわかる。冬にむかって東北へ旅立つとは考えられないから、夏（あるいは春）に旅立ち、冬に結城へ帰ってきたとみて間違いあるまい。この行脚の後、松島で名取川の埋木をもらったエピソードを潭北に語っていることから（『新花摘』）、この行脚が潭北の生前に行われたことも明らかである。つまりこの行脚は、宋阿の死没した寛保二年（一七四二）六月六日から、潭北が死没した延享元年（一七四四）七月三日までの間に行われたことになる。この間に蕪村が夏から冬にかけて旅行することができたのは、寛保二年と同三年の二年だけだが、二年は日程的に無理であろう。

行脚の目的

宋阿は寛保二年の六月六日に没しているが、その没後蕪村はしばらく夜半亭にとどまり、師の遺稿集を編もうとしていた。それから結城の雁宕のもとに身を寄せ、潭北の供をして上野方面を行脚したりしているから、六月中（つまり夏中）に九十九袋まで行くのは無理である。したがって、蕪村の東北行脚は寛保三年と確定する。

外の浜（津軽半島東岸の北浜あたり）まで足を延ばすような大旅行をしながら、ほとんどその足跡がわからず、その目的も不明である。当時の蕪村が単なる物見遊山で東北旅行が出来るような境遇になかったことを思うと、何か具体的な目的があったと見なければなるまい。『賤のをだ巻』（享和2序）に「点者（俳諧宗匠）になるには行脚を一度して万句をせざれば、点者入りならずと云ふ事なりし」と記されているが、これは享保頃の俳壇事情を述べたものである。これから推察すると、寛保頃までは行脚と万句興行が点者になる必須の条件であったと考えられる。蕪村は万句を興行した形跡はないが、点者になる通過儀礼としてこの行脚を実行したのではなかろうか。費用は結城や下館の知人がカンパしたとみて誤るまいが、彼らは、蕪村を俳諧宗匠にするための必要経費として、旅費を出してくれたのであろう。

「柳散り」の句

東北行脚では見るべき成果はほとんどなかったが、ただ「柳散り清水涸れ石処々」という句はよほど蕪村の気に入ったらしく、後年この句を用いた自画賛を数点作っている。この句が、蘇東坡の「後赤壁賦」の「山高ク月小ニ水落チ石出ヅ」という文句によって作られたことは、蕪村自身が解説している。「桃李草稿」の譲り状の中で、几董は蕪村の言葉として「我むかし東武（江戸）に住みてひとり蕉翁の幽懐を探り、句を吐く事瀟洒、もはら『みなしぐり』『冬の日』の高邁をしたふ」と記している。これによると、蕪村は若い時に『みなしぐり』（其角編、天和3）などの漢詩文調を志向したこともあるようだが、実際に残っている彼の初期の作品にはそうした志向をうかがわせるものはない。ただこの「柳散り」の句だけが『みなしぐり』時代の芭蕉の句法に倣っている。この句は、『冬の日』（荷兮編、貞享1）の高邁を慕った、蕪村の若い日の思い

宋阿追善
『西の奥』

出の一句だったのかも知れない。
寛保三年(一七四三)五月、宋屋(そうおく)(当時は富鈴(ふれい)と号した)によって宋阿一周忌追善集『西の奥』が出版された。宋屋は宋阿の京都時代の高弟である。この中に蕪村の追悼句が一句入集するが、すでに引用したので前書きを省略し発句のみをここに掲げる。

我が泪古くはあれど泉かな　宰鳥

『寛保四年宇都宮歳旦帳』

東北行脚により、俳諧師になるための通過儀礼を無事果たした蕪村は、この翌年延享元年(寛保四年二月二十一日に延享と改元)に、雁宕の娘婿である佐藤露鳩(ろきゅう)の後援を得て宇都宮で歳旦帳を出した。蕪村は二十九歳である。歳旦帳を出したということは俳諧宗匠として名乗りを上げたということである。 
『寛保四年宇都宮歳旦帳』は紙数九枚(十七頁)の片々たる小

『寛保四年宇都宮歳旦帳』表紙(中村家蔵)

冊子だが、蕪村が編集した最初の俳書であり、また蕪村の号が初めて見える文献として極めて重要な意味をもつ。表紙に、

寛保四甲子／歳旦歳暮吟／追加春興句／野州宇都宮／渓霜蕪村輯

という文句が五行で記されている。このように表紙に蕪村の編集であることを明記し、巻頭に、

いぶき山の御燈に古年の光をのこし、かも川の水音にやや春を告げたり
鶏は羽にはつねをうつの宮柱　　宰鳥

と自句を掲げ、「巻軸」と前書きを付して最後を、

古庭に鶯啼きぬ日もすがら　　蕪村

と、これまた自句で締めくくっている（ただしこの後に「追加」として江戸俳人の句を収め、一番最後に存義の句を置く）。本書には蕪村の句が五句あるが（付句を含む）、その内四句が宰鳥号で掲げられており、最後の「古庭」の句だけが蕪村号である。これを見ると、本書は蕪村の改号披露を兼ねていたことがわかる。なお、この歳旦帳は露鳩のために蕪村が代わって編集したというのが今日の定説だが、巻頭・巻軸を蕪村の句が占めている本書の体裁を見れば、これが蕪村の歳旦帳であったことは明らかである。もちろん露鳩の後援があ

ったことはいうまでもあるまい。

表紙に記された「渓霜蕪村」の「渓霜」もまた号の一種であって、「芭蕉桃青」のように号を二つ重ねたものであろうが、本書以外に使用された例はない。「渓」は蕪村の本姓の谷に通じるが、霜の由来はわからない。寛延三年（一七五〇）作成の「月夜行旅図」（従来「月夜行徳図」と呼ばれていたが、これを最初に紹介した俳人真蹟全集『蕪村』が、「旅」を「徳」と誤植したのであろう）にも「霜蕪村」と署名している。ただしこの絵が蕪村の真作かどうか疑わしい。

蕪村の号

蕪村の号については、岡田利兵衛氏は「蕪」とは「草の生い茂る」の意であり、故郷の毛馬にちなんで（毛馬の古名の毛志島、あるいは毛志馬は草の生えた島の意だという）、蕪村と号したという（『俳画の美』）。しかしこれは、清水孝之氏が推定した通り（『蕪村の芸術』）、陶淵明の「帰去来兮辞」の「田園将ニ蕪レナントス胡ゾ帰ラザル」に基づくとみるべきであろう。蕪は荒れるの意味であり、「蕪村」は荒れた村である。故郷を出てからほぼ十年、蕪村の脳裡に浮かぶ毛馬はいよいよ荒れ果てていたであろうが、毛馬は蕪村にとって帰るに帰れない故郷であった。

ついでにいえば、蕪村は陶淵明が好きだった。蕪村の死後、夜半亭（京都の蕪村の夜半亭）の机上にあった陶靖節（淵明）の詩集を見ていたところ、その中に「桐火桶無弦の琴の撫でごころ」と記した蕪村自筆の栞を発見した、と門人の月渓が記している（『蕪村遺墨月渓画賛』、俳人真蹟全集『蕪村』）。淵明の詩集は蕪村の愛読書だったのである。なお「無弦の琴」とは陶淵明が愛した弦のない琴をいう。

「北寿老仙をいたむ」

延享二年（一七四五）蕪村は三十歳の春を結城で迎えたらしい。この年一月二十八日に早見晋我が七十五歳で没し、その死を悼んで蕪村は「北寿老仙をいたむ」という俳詩を作った。早見家は結城十人士の流れを汲む名家で（『俳聖蕪村の結城時代』）、当時は酒造業を営んでいたという。晋我はこの家の当主で学芸にも造詣が深く、私塾を開いて漢学を教えるかたわら俳諧に遊び、結城俳壇の長老として重きをなしていた（尾形仂『蕪村自筆句帳』）。彼の妻は雁宕の叔母だというから、雁宕とは縁続きであった。晋我と蕪村の間に交渉があったことは『新花摘』の記事から推測されるが、しかし四十五歳も年長の晋我と、「北寿老仙をいたむ」でうたわれているような親密な関係があったかどうか疑問である。おそらく年老いた晋我のつれづれを慰めるのが蕪村の役目であったのであろう。

宋阿・潭北そしてこの晋我など、蕪村は年長の老人と親しい関係を結んでいるが、このことから、彼は話し上手で年寄りに好かれるタイプの人間であったと想像される。蕪村の手紙の面白さや『新花摘』の文章の巧みさなどから、後年の蕪村は座談の名手であったと思われるが、その片鱗（へんりん）は若い時からあったのであろう。

「北寿老仙をいたむ」という詩は、前代未聞の極めてユニークな作品であることは周知の通りである。

君あしたに去りぬゆふべのこころ千々（ちぢ）に
何ぞはるかなる
君をおもふて岡のべに行きつ遊ぶ
をかのべ何ぞかくかなしき
蒲公（たんぽぽ）の黄に薺（なずな）のしろう咲きたる
見る人ぞなき
雉子（きぎす）のあるかひたなきに鳴くを聞けば
友ありき河をへだてて住みにき
へげのけぶりのぱと打ちちれば西吹く風の
はげしくて小竹原真（おざさはらま）すげはら
のがるべきかたぞなき

友ありき河をへだてて住みにきけふは
ほろろともなかぬ
君あしたに去りぬゆふべのこころ千々に
何ぞはるかなる
我が庵のあみだ仏ともし火もものせず
花もまゐらせずすごすごと彳める今宵は
ことにたふとき

釈蕪村百拝書（釈蕪村百拝して書す）

この詩について、萩原朔太郎は「何らか或る新鮮な、浪漫的な、多少西欧の詩とも共通するところの、特殊な水々しい精神を感じさせる」（『郷愁の詩人与謝蕪村』）と高く評価している。おそらくこれは、芭蕉の門人の支考が始めた仮名詩の模倣であろうが、単なる模倣に終わらず、仮名詩を超える独自の形式を作り上げたところに、蕪村の豊かな感性と強烈な個性をみることができる。

蕪村の出家

晋我が亡くなったのは延享二年だから、当然この作品は同年に作られたとみなければならない。ここで蕪村は「釈蕪村」と署名しているが、蕪村が釈氏を称したのはこの作品が初めてである。「釈」は僧籍にある人が称するのが普通だから、この署名は蕪村が僧籍にあったことを示している。蕪村が浄土宗の檀徒であったことは早くからいわれているが、単なる檀徒ではなく、彼は浄土宗の僧侶だったのである。これについてはすでに清水孝之氏の説がある（『蕪村の芸術』）。後に述べるように結城の弘経寺に蕪村は襖絵などを残しているから、あるいは弘経寺で得度を受けたのかも知れない。弘経寺は浄土宗十八檀林の一つで、浄土宗の僧侶の学問所として知られたが、この寺は雁宕の菩提寺であった。雁宕は、元文五年に弘経寺第二十九世住職となった成誉上人の「血脈」であったという（松尾靖秋「結城時代蕪村の足跡」『芭蕉論攷』）。「血脈」は法嗣の意味で使われることが多いが、この場合は血縁の意であろう。

当時出家するにはさほど面倒な手続きを必要としなかったことは、たとえば岩波文庫『耳囊』所収の「死に増る恥可憐事」を見れば明らかである。これは、放蕩で金を遣い果たしてどうにもならなくなり、「旦那寺に至りて止むるをも用ひず、強いて受戒を乞ひて得度・剃髪をなし」た元安針町の名主の話で、この男はその後、芝あたりの寺で納所（納所坊主。雑用係の下級僧）などをしたり、あるいは雲水行脚などもしたという。

当時は、このように世間から落ちこぼれた人間が出家するというケースは珍しくはなかったであろうが、蕪村の出家の理由はわからない。ただ、世間的な生業をもたず一人で暮らしてゆくには、僧籍にあったほうが便利であった、ということはいえるだろう。蕪村と同時代に、蕪村と同じように俳人・画家として活躍した建部綾足（たけべあやたり）も、世渡りの方便として一時僧籍（曹洞宗）に身を置いた。

なお、「北寿老仙をいたむ」は蕪村六十二歳の安永六年（一七七七）に作られたという異説があり、この異説を支持する人も少なくない。しかし「所詮賀の句に洒落も出来ぬ事に候」（几董宛、安永7冬）といっている当時の蕪村が、追悼のためにこれほど洒落た作品を作ったとは思われない。また安永六年だと、この時彼はすでに還俗（げんぞく）しており、「釈蕪村」という署名と齟齬（そご）する。今しばらく私は延享二年説に従いたい。

延享二年の蕪村の文学活動として、「北寿老仙をいたむ」というユニークな作品を残したことが注目されているが、この年歳旦帳を出版していないということが、俳諧師としての活動を考える場合、より重要である。宗匠としての地位を保ってゆくには、毎年歳旦帳を出すことが不可欠の条件だが、この年彼が歳旦帳を出した形跡がない。あるいはこの年の歳旦帳は散逸して現存しないということも考えられるが、これ以後明和八年（一七七一）までの二十六年間、歳旦帳が一冊も残っていないこと、延享元年以後蕪村を中心とする俳諧結社ができた形跡がないことなどを考慮すると、何らかの事情で、俳諧宗匠として生きることを断念したと考えざるをえない。もちろん俳諧そのものをやめたわけではなく、宗匠になることをやめたのである。寛保四年の歳旦帳は露鳩の援助を得て露鳩一派の句を中心にして作られたが、この露鳩一派が蕪村の門人になってくれれば、蕪村を中心とする新しい俳諧結社が生まれたであろう。だが、事はそう容易には運ばなかったらしい。また、新たに門人を獲得することもできず、蕪村一門というものは結局できなかった。

「桃李草稿」の譲り状（筆者は几董）の中に「句法の老いたるをもて世人我（蕪村）を見る事、仇敵のごとくす」という文言がある。「仇敵」とはオーバーな言い方だが、とにかく蕪村が世人から受け入れられなかった状況がうかがえる。蕪村は、老成した自分の俳風が世間に理解されなかったといっているが、単にそれだけであったかどうか問題である。宝暦元年（一七五一）三十六歳の時に書いた『古今短冊集』の跋文で蕪村は、

今や俳諧に覇たる者、各々その風旨を異にし、彼を誹りこれをなみし、肱はり頬ふくれて自ら宗匠と徇へ、或ひは豪富を鼓吹し、孤陋を馳駆し、多く未練の句をならべて撰に備ふ。識者目を覆ふてすつ。

と、まことに勇ましい調子で宗匠と称する当時の俗俳を弾劾している。この文章の中から浮かび上がってくるのは、自分は俗俳とは違うという蕪村の自信に満ちた姿勢である。自信はややもすれば自信過剰に陥りやすいが、自信過剰は人々の反発を招きかねない。当時の蕪村にはやや自信過剰の傾向があり、それが結社を形成する際に妨げになったと私は想像している。

「桃李草稿」の譲り状の中には、「俳諧は滑稽なり、人と相和して談笑すをもて最もとす、子（蕪村を指す）が如き偏癖のものはその本意にあらず」と、ある人から忠告されて蕪村は一見解を開いたとも記されており、私の想像を裏付けている。宋阿と同居していた蕪村は、夜半亭の後継者として最も有力な候補者であったはずだが、宋阿の死没直後、蕪村を後継者に押すような動きは全く見られなかった。蕪村がまだ若かったということもあろうが、彼の人間性にも問題があったのではなかろうか。後年の蕪村は、きわめて柔軟な人柄であったことはいうまでもないが、若い時は相当圭角の多い人物だったとみて誤るまい。二十代から三十代にかけての蕪村は、一部には受けがよかったようだが、誰からも好かれるような人柄ではなかったと思う。

絵師への転向

宋阿の京都時代の高弟である宋屋（富鈴）は、延享三年（一七四六）東北へ行脚した。その帰途、同年十月二十八日結城の雁宕や下館の中村大済を訪ねているが、大済邸で蕪村の絵を見て、「蕪村が画にくはしきをみる」と記している（『杖の土』）。「くはしき」とは精妙だということだが、京都育ちの宋屋を感服させるほどの絵の技量を、当時の蕪村は身に付けていたのである。

落款

清水孝之氏の「蕪村画作年譜」（穎原退蔵『蕪村』所収）によると、関東放浪時代の十年間に蕪村が残した絵は全部で十六点あるが（弘経寺蔵「梅花図・山水図」を二点と数える）、この内約半分の七点に落款（署名）がない（『新花摘』に記されている「三俳仙図」は落款有無不明）。このように無款の絵が多いことから、アマチュア画家として頼まれるままに絵を描いているうちに画名が高くなり、やがて専門家並に落款を用いるようになった、という経緯が考えられる。

落款は「子漢」「浪華四明」「四明」「浪華長堤四明山人」「霜蕪村」の五種だが、「浪華」「浪華長堤」などは出身地を示すものだから、画号としては「子漢」「四明」「蕪村」の三種である。「子漢」は「陶淵明山水図」三幅図に用いられただけである。「四明」は比叡山の四明ケ嶽にちなむ号で、後の丹後時代にも「四明朝滄」として用いられている。昔は蕪村の故郷の毛馬の堤から、淀川の上流遥かに比叡山を望むことができたとい

漁父図（中村家蔵）

うから、望郷の思いを画号に託したのであろう。「蕪村」の号が「月夜行旅図」に用いられたことは前に述べたが、この図には「寛延庚午孟夏（かんえんこうごもうか）　霜蕪村」という款記（かんき）があって寛延三年（一七五〇）四月の作と判明する。蕪村が絵に年記を記したのはこれが最初であり、蕪村の号を画号として用いたのもこれが初めてである。また「霜蕪村」という落款も他に例をみない。前述したように、この絵は真偽に問題がある。

印章は「四明山人」「朝滄」（二種）「渓漢仲（けいかんちゅう）」の四種の印が用いられている。「四明山人」の印は丹後時代にも用いられているが、他の「朝滄」（二種）「渓漢仲」の三種の印は以後用いられていない。丹後時代に蕪村は「朝滄」の印を用いているが、丹後時代の印は、関東歴行時代に用いた二種の「朝滄」印とは別の印である。

蕪村のパトロン

関東歴行時代の蕪村の絵は下館の中村兵左衛門家に最も多く残っており、四点の絵が所蔵されている。同家は、蕪村が「ならびなき福者」（『新花摘』）と記した風篁（ふうこう）の子孫であり、かつては下館藩主も時々訪れるほどの名家であったと蕪村は記している。その後一時衰えたようだが、風篁の頃にはまだ全盛期の名残をとどめており、蕪村の最大のパトロンだったのだろう。宋屋が訪れた大済はこの中村家の分家であり、彼の妻は雁宕の妹であったという。こうした地方の素封家（そほうか）に支えられて蕪村は画家としての生涯を歩み出したのである。

この当時の蕪村の絵については、

画人としての蕪村は、詩人・俳人としての蕪村と比較するとはるかに見劣りがする。絵画において晩年数々の傑作を遺しているだけに、俳句と絵画にこのような懸隔のあるのは、理解に苦しむところがある。（日本美術絵画全集『与謝蕪村』解説）

という吉沢忠氏の見解に代表されるように、評価は極めて低い。清水孝之氏などは「あのやうに稚拙な襖絵がどうして檀林弘経寺の方丈などに描かれたのであるか」（『蕪村の芸術』）と、酷評に近い評価を下している。一方、中村家に伝わる文徴明八勝図模写（ぶんちょうめいはっしょうず）について、「蕪村の方は文徴明の筆くせをとらえて原本に迫っているように思え、原画を髣髴とさせる出来栄えで、世間の従来の言い伝えに反し、画技が冴えていること、大雅に数倍している」（山内長三『日本南画史』）と、蕪村の画技を高く評価する見解もある。とにかく、京都の宋屋が蕪村は絵がうまいと感心するくらいだから、結城・下館の素封家たちが蕪村の絵を高く評価していたことは間違いなかろう。

なお、文徴明は中国明代の著名な文人画家だが、この当時すでに文人画に対する関心があって、蕪村が彼の絵を模写したのかどうか疑問である。おそらく、たまたま著名な画家の絵を目にする機会があったので、それを模写したというにすぎなかったのであろう。

増上寺裏門

関東歴行中、蕪村は一時江戸へ戻っていたらしい。宋屋は延享三年の東北行脚の途次結城に止宿し、蕪村（宰鳥）を訪ねたが留守で会うことができず、同年十一月戻りにも訪ねたが会えなかった。このことを彼は『杖の土』で次のように記している。

宰鳥が日頃の文通ゆかしきに、結城・下館にてもたづね逢はず。赤鯉に聞くに、住所は増上寺の裏門とかや。馬に鞭して僕どもここかしこ求むるに終に尋ねず。甲斐なく芝神明を拝して品川へ出る。後に蕪村と変名し予が草庵へ尋ね登りて対顔年を重ねて花洛に遊ぶも因縁なりけらし。

この記事により、蕪村がこれ以前から京都の宋屋と文通をしていたことがわかるが、おそらく宋阿生前には京都の宋阿門人との連絡役を蕪村が勤めていたのであろう。宋屋がわざわざ下僕に蕪村の居所を尋ねさせたのも、文通を通じてすでに彼と蕪村の間に親密な関係ができていたからである。

右の記事から、蕪村が関東歴行時代の一時期江戸に帰り、増上寺の裏門に住んでいたことがわかる。裏門というのは裏門あたりの僧房の意であろう。増上寺のような広大な寺院では、単に増上寺といっただけでは探しようがない。それで、蕪村の居住する建物の名を失念した赤鯉は、増上寺の裏門といったのだと思う。

岩波文庫『元禄世間咄風聞集』には、増上寺の所化はかつては二千人余りいたが、今は御条目の定めで千九百人ほどだと記されている。「その外方丈様の御弟子は格別の由」とあるから、住持の弟子はこの中に含まれていない。所化は修行学習中の僧をいうが、増上寺には、修行の場を求めて全国から浄土宗の僧侶が集まってきたのである。蕪村もおそらくその一人であったと思われるが、所化は出入りが激しく人数も多かったから、宋屋の下僕が蕪村を捜し当てることができなかったのも無理はない。

蕪村が詩人服部南郭と接したのはおそらくこの時であろう。安永末年頃の几董宛の手紙の中で蕪村は、「古傘の婆裟としぐるる月夜かな」という自句の「婆裟」という語を説明し、

秋の月には用ひず、冬の月に用ひ候字なりと南郭先生申され候ひき。

と述べている。「申され候ひき」という言い方から、蕪村が直接南郭から婆裟という言葉の講釈を聞いたことがわかるが、蕪村が南郭と接しえた時期としては、蕪村が増上寺の裏門にいた頃が最も可能性が高い。

当時南郭は麻布森元町（現港区東麻布二丁目）に住んでいたが（日野龍夫「服部南郭年譜考証」『国文学研究資料館紀要』3）、増上寺の裏門から森元町までは目と鼻の先といってよいほどの近距離である。南郭のもとに通うには至便の所に蕪村は住んでいたわけだが、ただ束脩を収めて正式に南郭の門人になったかどうかは疑問である。十二月の煤掃き（大掃除）に南郭は増上寺内の無礙庵に忍海上人を訪ねるのが習慣になっており、この時には増上寺の他の僧侶たちも無礙庵に集まり、これを掃塵会と称していたという（三村清三郎『近世能書伝』）。宗門の末端に連なる所化の蕪村も、こうした機会に南郭の話を聞くことができたのではなかろうか。

四　丹後時代

上京

宝暦元年（一七五一、寛延四年十月二十七日に宝暦と改元）三十六歳の時に、蕪村は関東歴行の生活を切り上げて上京した。以後、丹後時代と讃岐時代の数年間を除く、死没までの約三十年間を京都で過ごすことになる。

ところで、矢羽勝幸氏が紹介した吉沢鶏山の自筆句集『俳諧風の恵』に、次のような句が見える（「蕪村の信州行」『俳文芸』29）。

送蕪村（蕪村ヲ送ル）
切れ凧の空も雁のわかれかな（鶏山）

前書きによれば、これは蕪村に対する鶏山の送別の句であることは疑う余地がなく、これによって蕪村が春に（この句の季語は「雁のわかれ」で春の句）、信州岩村田（長野県佐久市岩村田）の鶏山を訪問したことがわかる。矢羽氏は、関東歴行時代に蕪村が信州を訪れたと推定しているが、私は、この句は宝暦元年蕪村が上京した際に作られたものだと思う。定説では、蕪村の上京は宝暦元年秋だといわれているが、同年秋に彼が京都にいたことが確認されているだけで関東を出立した時期は不明のままである。この句が出現したことで、京都に着くまでに、蕪村が途中どこかで、あるいは各地でかなり長期にわたって滞在した可能性が出てきた。

清水孝之氏は、『俳諧八題集』に次のような旨原の句があることを報告している（『与謝蕪村の鑑賞と批評』）。

送蕪村（蕪村ヲ送ル）
籐骨柳に何隠すらん紙衾

前書きからわかる通り、これは蕪村に対する送別の句である。旨原は蕪村が江戸にいた間親しく交わった俳人であり、この句が、江戸を去る蕪村に対する送別の句であったことは確実である。「紙衾」（携帯用の紙製の掛け布団。冬の季語）という季語から、送別の時期が冬であったことがわかる。おそらく寛延三年（一七五〇）の冬であろう。蕪村は寛延三年の冬に江戸を立ち、中山道をたどって翌宝暦元年の春に信州岩村田に滞在し、同年秋に京都に着いたのであろう。

宝暦元年の中秋の名月の頃蕪村が京都にいたことは、「『まるめろ』詞書」（「名月摺物ノ詞書」とも）によって明らかである。この中で蕪村は「予、洛に入りてまづ毛越を訪ふ」

と述べているが、これが今日知られている、蕪村の京都における最初の動静である。

毛越は京都の人で俳諧は路通門、初め雪尾と号し一時江戸に住んだ（大磯義雄「『蛭が小島の桑門』は路通」『連歌俳諧研究』54）。この間に宋阿興行の嵐雪追善歌仙で蕪村と一座している（『桃桜』）。蕪村は彼を「莫逆の友」と呼んでいるが（右の詞書）、寛保二年（一七四二）の『曠野菊』（毛越編）に蕪村の句がないのは不審である。

宝暦元年の秋、蕪村は初めて宋屋を訪ねた。師の宋阿在世当時から宋屋とは文通があったが、対面するのはこれが初めてである。宋屋は当時六十五歳の老齢であり、京都俳壇の古老であったが、蕪村を宋阿門の兄弟弟子として暖かく迎えてくれた。その時宋屋門人の稲太を加えて三吟歌仙が巻かれた。一順（一巡とも）は次の通りである。

花洛に入りて富鈴房（宋屋）に初めて向顔

秋もはやその蜩の命かな　東武蕪村

雲に水有り月に貸す庵　宋屋

瓢箪の丸きに露の取り付いて　稲太

蕪村の発句は「その蜩」に「その日暮らし」を言い掛けているが、当時はまさにその日暮らしの生活だったのだろう。肩書に「東武（江戸）」と記したのは、行脚の境遇であ

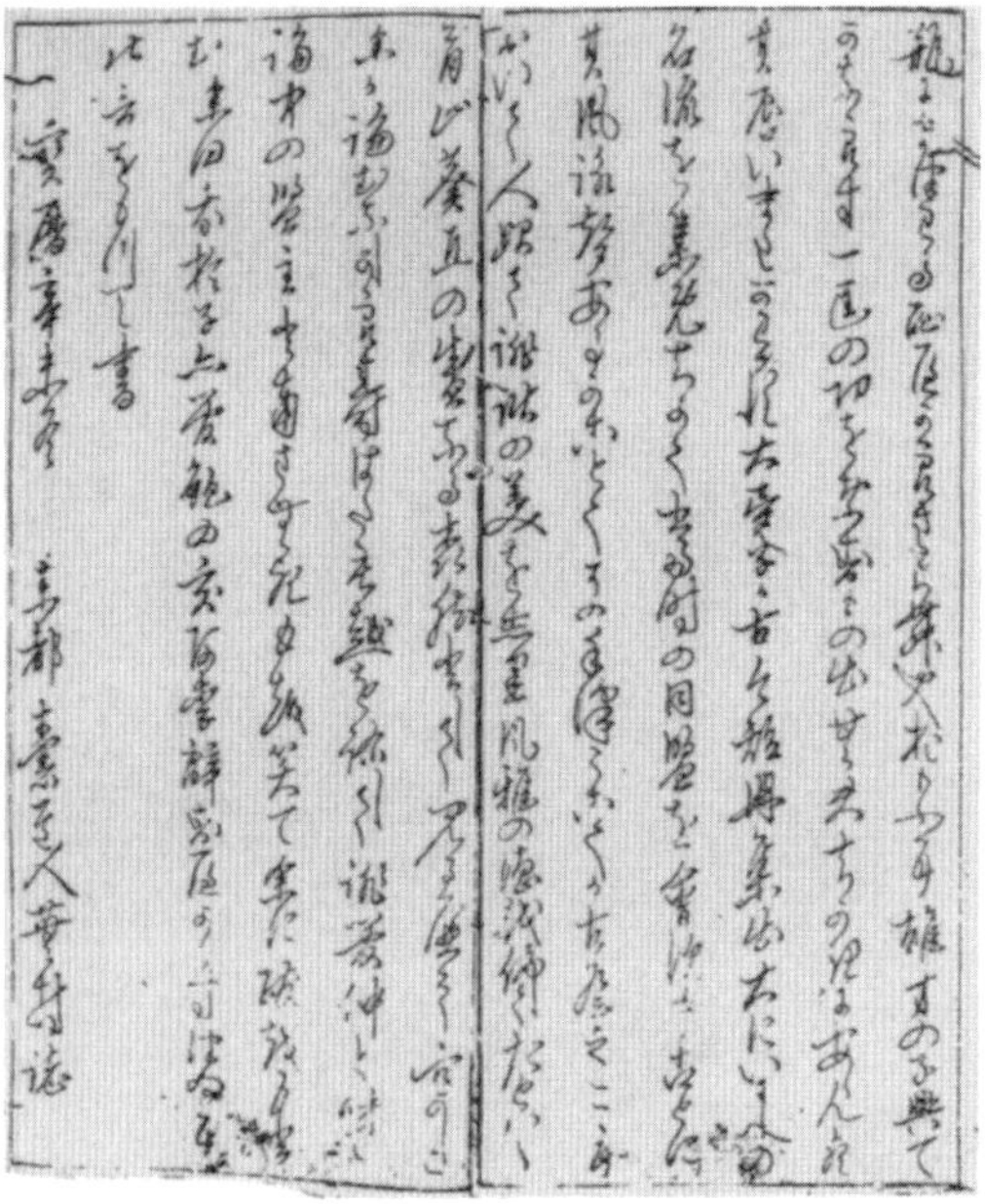

『古今短冊集』蕪村跋文（東京大学総合図書館・竹冷文庫蔵）

ることを示したのである。宋屋の脇句には「いつでも宿を貸しますよ」という寓意がある。

なお、右の三吟歌仙の成立は従来宝暦二年秋（発句が秋の句）と考えられていたが、これは蕪村の上京が宝暦元年冬だといわれていたからである。宝暦元年の秋に蕪村が京都にいたことが確認された現在、この歌仙の成立は同年秋と考えるほうが妥当である。

宋屋と蕪村とはその後も親密な関係が続いており、宋屋一周忌追善集『香世界』に、蕪村は二人の関係を「忘年の交はりもうとからざりし」と書いている。「忘年の交はり」

とは年齢を超えた交わりをいうが、蕪村が老人にかわいがられるタイプの人間であったことは前に述べた。この文章にはまた、蕪村の描いた「松下箕居」の図を、宋屋がいつも自宅の壁に掛けて愛玩していたとも記されている。

宝暦元年冬に毛越は『古今短冊集』を出版するが、その跋文を蕪村が書いた。当時俳壇ではまだ無名であった蕪村が跋文を書いたのは、彼が本書の成立に一枚嚙んでいたからであろう。

『古今短冊集』

本書は古今の俳人の筆跡を模刻したものだが、模刻するには模写の技術をもった人物が必要になる。私は本書の、少なくとも一部は蕪村の模写だと思う。蕪村が模写に巧みだったらしいことは、江戸にいた時に旨原から其角の『五元集』の模写を頼まれていることから推測される（『新花摘』）。結局蕪村は怠けてこの約束を果たしていないが、旨原が模写を蕪村に依頼したのは、彼が模写の技術にたけていることを、旨原が知っていたからであろう。関東歴行時代に「文徴明八勝図」を蕪村が模写していることはすでに述べたが、これについて山内長三氏は「書も徴明の風をよく伝えている」（『日本南画史』）と述べている。このことも蕪村の模写の技術が相当のものであったことを物語っている。こうしたことから、『古今短冊集』の模写に蕪村がかかわっていたと想像する。

京都へ来て間もなく、蕪村は「嚢道人」という別号を使い始める。この号の初見は『古今短冊集』の跋文だが、以後丹後時代にかけて用いられている。宝暦初年の作と思われる「木の葉経句文」に「洛東間人嚢道人釈蕪村」とあり、また『杖の土』の蕪村の句、「我が庵に火箸を角や蝸牛」の前書きに「東山麓に卜居」とあることから、岡田利兵衛氏は、当時蕪村は洛東東山の知恩院の近くの袋小路に住んでいたと推定し、この号はその袋小路にちなんで付けられたものだろうと述べている。「現在も知恩院と国道一号線（東山通）の間で新門前町の南に袋町という地名がある」ことを、その裏付けとして挙げている（『俳画の美』）。明和五年（一七六八）の『平安人物志』に、池大雅の住所が「知恩院袋町」と記されているが、袋町は大雅の生家があった所である。

上京後間もなくしたためられた桃彦宛と推定されている手紙は、当時の蕪村の生活を知るうえで極めて貴重である。左に前半部分を掲げる。

（破損）椹木町（破損）屋与八殿迄

右の処付にて御上せ下さるべく候。この書付け壁に張り付け差し置かれ、御失念無く御上せ下さるべく候。

一、平林氏一行もの、或ひは、聯二、三枚御もらひ下さるべく候。当地庵中に掛け申したく候。外に風流家よりたつて所望いたされ候。何とぞ二、三枚、貴公御徳を以て拝戴願ひ奉り候。一生の御たのみに御座候。大黒したため御礼に相下し申すべく候。……

この手紙から、蕪村が椹木町の与八という人物の家を連絡先にしていたことがわかるが、この人物については不明である。蕪村が居を定めた東山の麓と椹木町とはかなり離れており、決して便利の良い連絡場所ではないが、近くに適当な連絡場所がなかったのであろう。当時の郵便事情では、よほど確かな所を連絡場所にしておかないと手紙が届かないことが多かった。『はなしあいて』（几圭編）の跋文によると、当時几圭は椹木町に住んでいたから、与八は几圭の知り合いだったのかも知れない。几圭は後に蕪村の片腕となる几董の父で、俳諧は宋阿門だから蕪村にとって同門の先輩になる。

平林静斎

「平林氏」とは江戸の書家平林静斎（名は惇信、通称は正五郎）である。彼は細井広沢門下の四天王といわれているが、南川金渓の『閑散余録』（明和7起草）には「江戸ノ書家ノ中ニハ平林正五郎第一スグレタリ。声聞（名声）ノ高カラヌハコレモ不幸ナリ」と記されている。宝暦三年没、歳五十八。静斎の伝記は三村清三郎氏の「平林惇信」（『近世能書伝』）が最も詳しい。

大黒天図（中村家蔵）

蕪村はよほど静斎の書が気に入っていたと見えて、彼の書を入手してほしいと依頼した後に「一生の御頼み」とまでいっている。蕪村の書を考える場合、静斎の影響を考慮する必要があるかもしれない。その静斎の書を「当地庵中に掛け申したく候」と述べているから、蕪村は京都で庵を結んでいたか、あるいは庵を結ぶ予定であったと思われる。宝暦初年頃の蕪村は、知恩院の僧房ではなく知恩院の外に庵を構えて生活していたのであろう。

静斎の書を手に入れてくれれば御礼に大黒の絵を進呈するといっているから、当時蕪村は大黒天の絵を得意としたらしい。寛延以前の執筆と推定されている宛名不明の手紙にも、御世話になったお礼に槌と大黒の絵を進呈すると述べて、「槌は多くしたため候へども、大黒天は三、四枚ばかり御座候」（□・2・22）と書いている。これらの手紙から、蕪村が数多くの大黒天を描いたことは確実だが、現存する蕪村の大黒天は下館の中村家に残る下絵一点のみである。天明三年（一七八三）に買山・自珍・橘仙の三人の初老を賀して、大黒天を描いた刷り物を作っているが（清水孝之『与謝蕪村の鑑賞と批評』「与謝蕪村年譜」）、これは肉筆ではない。

修業の日々

静斎の書を依頼した右の手紙は、晋我の長男の桃彦宛と推定されているが、ここに略した後半部に「ゆふき田洪いかが候や。御ゆかしく候」とあるので、これは桃彦宛の手紙ではあるまい。田洪は桃彦の弟だが、その兄に宛てた手紙に「ゆふき田洪」と書くはずがない。これは結城以外の地に住む人で、田洪とも交際のあった人に宛てた手紙に違いない。おそらく江戸の人で平林静斎とも親しい人に宛てたものであろう。

右の手紙で省略した後半部分に「京都所々廻見、さてさておもしろく相暮らし候」と記されているが、上京後蕪村は京都の寺社の襖絵などを見て廻っていたのであろう。宝暦三年刊行の『菅の風』（夕静編）に、

紫野に遊びてひよ鳥の妙手を思ふ
時鳥絵に啼け東四郎次郎

という蕪村の句が入集するが、これは大徳寺を訪れた際、狩野元信の「四季花鳥図」を

見て作った句である。蕪村が絵画において特定の人物に師事した形跡はないから、彼は古画を見たりそれを模写したりしながら画技を磨いていたのであろう。上京したのも古人の優れた絵を見ることが目的であったのかも知れない。

蕪村が上京した宝暦元年から丹後へ行く宝暦四年の夏頃までの足掛け四年間は、蕪村の画業における空白の時期で、この期間に描かれたことが確認できる絵は一点もない。この四年間は、絵師となるための本格的な修業期間であったとみてよかろう。庵を結んで生活していた以上、生活費は自弁であったと思われるが、その生活費をどうして賄っていたのか不明である。染色の下絵を描く仕事など、京都には画技を必要とする仕事が多い。蕪村はそうした職人仕事を、アルバイトにしていたのかも知れない。大黒天を描くのが得意だったようだから、無落款の大黒天を量産したとも考えられる。

「俳諧も折々つかまつり候」とも記されているが、毛越・一瓢・虹竹と、一瓢の還暦歌仙を巻き（『瘤柳』）、貞徳百回忌法楽千百韻に参加している（『双林寺千句』）ほかは、発句を数句残すのみでこれといった活躍はみられない。一瓢の伝は不明だが、還暦記念の『瘤柳』が特別な料紙を使った大本の豪華本であることから、富裕な商人であったことが想像される。虹竹（『杖の土』によれば山岡氏）は毛越の知人であったらしく、蕪村が毛越

三宅嘯山

天の橋立

を訪ねた日に、たまたまマルメロ（果実の名）を持って訪れたことが、蕪村の「『まるめろ』詞書」に見える。なお、『双林寺千句』で蕪村が参加したのは、宝暦二年三月十三日に興行された「第二 鶯」と「第三柳」の百韻だが、鶯の百韻に、後に蕪村の門人となる田福が一座していることは注目される。

　またこの時期に蕪村は三宅嘯山という生涯の友を得た。嘯山は京都の人で質商を営むかたわら、宋屋に俳諧を、慧訓和尚に詩を学んだ。後に京都俳壇に重きをなすが、詩作も多く『嘯山詩集』十巻を残している（現存八巻）。商人でありながら学者肌の人で、漢学の才能を認められて仁和寺や青蓮院の侍講を勤めた。蕪村より二歳年下であったが、二人の親密な交際ぶりは、百池自筆『四季発句集』に「滄浪居士の大人（嘯山）世に在す頃は老師蕪村叟とは錦繍の交はりにて常に席を同じうす」（乾猷平『蕪村と其周囲』の引用による）と記されている。

宝暦四年（一七五四）三十九歳の時、蕪村は丹後国宮津（京都府宮津市）へ赴いた。潁原退蔵氏は「少なくとも宝暦四年の春夏の交には、彼はもはや京洛の地を去っていた」（「与謝蕪村」『潁原退蔵著作集』13）と述べているが、嘯山の送別の詩に、「大山春雪白シ」という文句が有るから、蕪村が丹後へ出立したのは、大山（大江山であろう）にまだ雪の残る頃であった。以後、同七年（一七五七）九月頃までの足掛け四年間を同地で過ごす。これがいわゆる丹後時代であり、俳諧においてはほとんど見るべき成果はないが、画業では目覚ましい発展を遂げ、画家蕪村が大成する基盤となった重要な時期である。

竹渓

『新花摘』に蕪村は、「むかし丹後宮津の見性寺といへるに、三とせあまりやどりゐにけり」と記しているから、丹後時代は主として宮津の見性寺に居住していたのであろう。見性寺は浄土宗の寺院で当時の住職は触誉芳雲和尚、俳号を竹渓といった。安永八年（一七七九）六月十四日六十五歳で没しているから（古典俳文学大系『蕪村集』注）、蕪村より一歳年上である。『新花摘』に描かれた姿から随分老人のような印象を受けるが、宝暦四年当時はちょうど四十歳だったのである。この人の磊落な人柄は、『新花摘』の中に生き生きと描き出されている。

『蕪村句集』に、

竹渓法師丹後へ下るに
たつ鴫に眠る鴫ありふた法師

という句があるが、この句について講談社版『蕪村全集』では、「『自筆句帳』の配列順より、あるいは宝暦初年もしくは明和六年か」と注記を加えている。もしこれが宝暦初年の句ならば、蕪村と竹渓は、蕪村が丹後へ行く前からの知り合いであったことになり、竹渓を頼って蕪村が丹後へ行った可能性が高くなる。この句の制作年次は、蕪村の伝記研究ではかなり重要な問題である。前書きに「丹後へ帰る」と言わずに「丹後へ下る」と言っているのは、竹渓が初めて丹後へ赴任する時の句であることをうかがわせる。また、下五の「ふた法師」という表現は、この句が、蕪村が還俗する宝暦十年（一七六〇）以前に作られたことを示しているように思われる。

見性寺の過去帳の明和五年（一七六八）の余白に、「申十二月触誉入寺」と記されていることを、河東碧梧桐が報告しているが（『画人蕪村』）、これにより、竹渓が見性寺に住職として赴任したのが申年の十二月であったことがわかる。この申年がいつなのか判然としないが、右に述べた私の推定が正しければ、宝暦二年の申年と確定する。私は竹渓の見性寺赴任は宝暦二年に間違いないと思う。蕪村の「たつ鴫に」の句は秋であり、竹渓の赴任は冬だから、蕪村の句が送別の句だとすると、時期が会わないが、竹渓の赴任は秋にはすでに決まっていながら、何かの事情で十二月まで延びたのだと思う。

丹後の画作

丹後で蕪村はかなり多くの絵を残したが、特に注目すべきは屏風絵で、蕪村は丹後へ来て初めて、六曲一双の大画面に自由に筆をふるう機会を得た。現存する丹後時代の屏風絵は次の通りである。

①琴棋書画図（六曲一双、落款「朝滄子図」）
②五百羅漢図（六曲一双、現在は掛幅に改装、無款）
③山水図（六曲一双、落款「四明朝滄」）
④山水人物花鳥十二図押絵貼（六曲一双、落款「四明朝滄」）
⑤静舞図（六曲半双、落款「洛東閑人朝滄子描」）
⑥十二神仙図押絵貼（六曲一双、落款「四明」など）
⑦青緑山水図（六曲一双、落款「朝滄子」）
⑧田楽茶屋図（六曲半双、落款「嚢道人蕪村」）

⑨田家耕穫図（六曲一双、落款「四明朝滄写」）
⑩晩秋飛鴉図（六曲半双、落款「朝滄子写」）
⑪風虎図（二曲半双、落款「四明朝滄」）
⑫風竹図（六曲半双、落款「朝滄子写」）
⑬方士求不死薬図（六曲一双、落款「四明」）

これらの作品の中で蕪村は様々な画風を試みた。①は中国の人物を描いた漢画風の作、⑤は古典を素材にした大和絵風の人物画、⑦は題名の通り中国の山水画法にならった作、⑧は近世的な軽妙な風俗画、といったように、蕪村は屏風絵の中で様々な題材や様式に挑戦している。

蕪村が丹後に残したのはもちろん屏風絵だけではない。この他なお十点ほどの掛幅（掛け軸）と「妖怪図巻」と題する画巻一巻が知られている。「妖怪図巻」は漫画風の軽妙な筆致で色々な妖怪を描いたもので、戯画的な「三俳僧図」と共に蕪村のユーモラスな一面をうかがうことができるが、この二点には落款

妖怪画巻（部分）

はない。

陶山南濤

宮津で陶山南濤と接する機会があったらしく、「南海陶冕」が賛をした「山水図」、「山水人物図」という二幅の掛幅がある。陶冕は陶山南濤のことである。南濤は土佐の人だが当時宮津藩に仕えていた。彼は一時大和郡山の柳沢淇園の客となり、常に淇園の傍らにあったというから（『日本古典文学大辞典』「陶山南濤」）、蕪村は南濤を通じて淇園の画論を聞いた可能性が高い。淇園が日本の文人画の開拓に大きな功績のあったことは周知の通りだが、もし南濤から淇園の画論を聞いて、蕪村が文人画に対して目を開いたとすれば、蕪村と南濤との出会いは特筆すべき事件である。だが、この二点の画賛以外に二人の関係をうかがう資料はない。

画家朝滄

右の屏風絵の一覧表からもわかるように、丹後時代には蕪村はもっぱら朝滄の画号を使用した。画集類に紹介されている朝滄号の絵は全部で十七点を数えるが、これらはすべて丹後時代の作と考えてよかろう。丹後時代はまた朝滄時代でもあった。すでに述べた通り、従来元文年間の作とされていた「俳仙群会図」は、朝滄の落款があるから丹後時代の作とすべきである。

蕪村が丹後へ向けて発足するにあたって、嘯山が「送朝滄遊丹後」（朝滄ノ丹後ニ遊ブヲ送ル）という五言律詩を贈っているから、丹後へ行く前から蕪村がこの号を用いていたことは明らかである。しかし、朝滄落款の絵の中に京都で描かれたことが確認できるものはない。

丹後時代に描いた全作品（文章を主とする「天の橋立画賛」を除く）の中で、年記が記されているのは二点だけである。一点は「李白観瀑図」（宝暦乙亥歳　四明朝滄写）で、もう一点は「豊干経行像」（乙亥歳　嚢道人四明朝滄写）である。いずれも乙亥（きのとい）という干支が記されているが、乙亥は宝暦五年（一七五五）である。宝暦五年は蕪村の四十歳の年に当たるが、四十歳は後に述べるように初老の年である。初老の年に至ったことに特別な感慨があって、蕪村はこの年に描いた絵に年記を入れたのであろう。「豊干経行像」は近年佐々木丞平氏によって発見されたもので、「与謝蕪村と丹後」の図録（平成六年十月刊）で初めて紹介された。

なお清水孝之氏の「蕪村画作年譜」に「宝暦五年平安城南朱瓜楼馬塘」の款記のある「山水図」が記載されているが、この絵は偽物であろう。蕪村が平安城南に朱瓜楼を営むのは丹後から帰京した後のことであり、落款の「馬塘」もおかしい。これは毛馬の堤のことで蕪村の画号ではない。

朝滄の号以外にも結城・下館時代以来の「四明」や、上京後に使い始めた「嚢道人」なども用いている。「四明」は「朝滄」と合して「四明朝滄」の形でも用いられる。それに加えて「魚君」(一点)「孟溟」(二点)という特殊な落款も用いている。

印章は、「朝滄」「四明山人」「嚢道」「馬季」の款印(落款の下に捺すもの)、「丹青不知老至」「山水自清言」の遊印(好みの文句を印文にしたもの)が用いられている(印文の読みは山本健吉・早川聞多編『蕪村画譜』に従う)。「丹青不知老至」(丹青老イノ至ルヲ知ラズ)という印文は、杜甫の「丹青引、贈曹将軍覇」(丹青ノ引、曹将軍覇ニ贈ル。『唐詩選』)という詩の「丹青老イノ将ニ至ルヲ知ラズ」という一句を取ったもので、絵を描いていると年老いてゆくのに気が付かないという意味である。老境を迎えた蕪村は、この印文にみずからの心境を託したのである。四十歳をもって初老とし以後を老境と考えるのが、江戸時代まで長く続いた日本人の世代感覚だが、丹後へ移った翌年の宝暦五年に蕪村は初老の四十歳に達している。

丹青不知老至

「山水自清音」(山水自ラ清音)は左思の「招隠詩」(『文選』巻二二)の一句、「必ズシモ糸ト竹トニアヅカラズ、山水清音有リ」に基づく。この一句は『世説新語補』巻二にも見えるから、蕪村はこちらの方を見たのかもしれない。『世説新語補』は当時のベストセラーである。

『夜半亭発句帖』

宝暦五年二月、宋阿の句集『夜半亭発句帖』が刊行された。編集は雁宕・阿誰・大済の三人で、序文を雁宕、跋文を蕪村が書いている。跋文の中で、「一羽鴉」という師の遺稿集を作ろうと思ったが果たさなかったと蕪村は記しているが、宋阿の十三回忌を記念して雁宕たちが師の句集編集を思い立ったのである。

雲裡坊の来遊

同年五月に雲裡坊（前号は杉夫）が宮津に来遊し、蕪村を交えて地元の俳人と歌仙を巻いた。彼は尾張の人で支考の門人だが、芭蕉敬慕の念が強く、芭蕉ゆかりの地である大津の義仲寺境内に草庵を建てて住んだ。この草庵を近江国分山にあった芭蕉ゆかりの草庵の名を取って、幻住庵と称している。蕪村と雲裡坊が、蕪村の江戸在住の頃からの知り合いであったことは、『桐の影』（雲裡坊追善集）所収の次の追悼句文から明らかである。

雲裡叟、武府（江戸）の中橋にやどりして一壺の酒を蔵し一斗の粟をたくはへ、ただひたこもりに籠もりて、一夏の発句おこたらじとのもふけなりしも、遠き昔の俤にたちて

なつかしき夏書きの墨の匂ひかな　洛陽蕪村

雲裡坊は宝暦十一年（一七六一）に没しているが、その三回忌の追善俳諧に蕪村は出席し

ている。江戸以来の知人である雲裡坊に対して、特別な思いがあったのであろう。

丹後から嘯山に送った手紙の中で、蕪村は「少々画用相つぎ、且つ例の遊歓に日を費やし候」(宝暦6・4・6)と報じているが、当時の蕪村が絵を描くことに忙しかったことは、現存する絵の数から容易に想像できる。蕪村の日常は多く絵を画くことに費やされたであろうが、しかし絵を画くことだけに専念したわけではなく、「例の遊歓」にも日を費やしている。「例の遊歓」がどのようなことを指すのかわからないが、「二度と行くまい丹後の宮津、縞の財布がからになる」と歌われた歓楽地宮津のことだから、遊歓の場に事欠くことはなかったであろう。

俳諧仲間

「例の遊歓」に俳諧が含まれていなかったことは、同じ手紙の中で、別に「俳諧も折々つかまつり候」と書いていることから明らかである。宮津における蕪村の俳諧の相手は竹渓、鷺十(真照寺の住職恵乗)、両巴(無縁寺の住職輪誉)などの僧侶の外、吟松・桂龍・桃渓・東陌などの人々であったことが、丹後に残した「蕪村自筆句巻」からわかる。三人の僧侶は「三俳僧図」に戯画化されて描かれた人たちであり、この絵に記した蕪村の戯文(線香の火で所々不都合な文字を消してある)から、彼らと蕪村の親密な関係がうかがえる。一応俳友にも恵まれていたというべきであろうが、しかしこの手紙の中で「当地は東花坊（支考）が遺風に化し候ひて、美濃・尾張（美濃も尾張も支考の勢力範囲であった）などの俳風にておもしろからず候」と記しているところをみると、必ずしも心から楽しんでいたわけではない。都会風の江戸座の俳諧で育った蕪村には、支考の流れを引く田舎風の美濃派の俳諧が肌に合わなかったのである。

この手紙に、前に引いた「宅嘯山ニ寄セ、兼ネテ平安諸子ニ柬ス」という詩が記されており、また「詩（漢詩）は折々つかまつり候」と書いているから、丹後滞在中は詩作にも励んでいたのである。この時期に描かれた「老翁坂図」には、蕪村自作の七言絶句が記されている。しかし、蕪村の詩の完成作品としては右の七言絶句二首が知られるのみであり、結局詩はものにならなかった。

『花鳥篇』序（天理大学付属天理図書館蔵）

右の嘯山宛の手紙に、蕪村常用の、独特の形をした花押が書かれている（挿図の『花鳥篇』序参照）。かつてこの花押は、矢を半分にしたもので矢半（夜半）の洒落だといわれていたが、岡田利兵衛氏のいうように、夜半亭を継承する以前にこの花押が用いられているから、従来の説は誤りである（『俳画の美』）。岡田氏は「村」から作った花押だというが、私には槌の形に見える。花押の作り方としては異例だが、これは槌を図案化したものではなかろうか。

百川

宝暦七年（一七五七）九月、蕪村は帰京の途に着く。宮津を離れるにあたって「天の橋立画賛」を残し、賛文に蕪村は次のように記した。

> 八僊観百川、丹青をこのむで明風を慕ふ。嚢道人蕪村、画図をもてあそんで漢流に擬す。はた俳諧に遊むでともに蕉翁より糸ひきて、彼は蓮二（支考）に出でて蓮二によらず、我は晋子（其角）にくみして晋子にならはず。されや竿頭に一歩をすすめて、落る処はままの川なるべし。又俳諧に名あらむことをもとめざるも同じおもむきなりけり。

百川は名古屋の人、俳諧は支考に学んだが後に反旗を翻して伊勢の乙由についた。画家としても著名で、文人画の先駆者として知られており、晩年に画家として法橋の位を与えられている。画家であり俳人であり、また本格的な文人画を描くかたわら多くの俳画風の作品を残した生涯は、蕪村の生涯を先取りした観がある。宝暦二年（一七五二）八月、五十六歳で京都で没した。蕪村はその前年の宝暦元年に上京しているから百川と会う機会はあったはずだが、二人が会った形跡はない。しかし画俳両道に活躍した先達として、蕪村が百川に親近感を抱いていたことは確実であろう。

この文章の中で蕪村は百川と自分を比較し、画俳両分野における二者の相違を記している。まず絵においては、百川は中国明代の画風を慕い、自分は「漢流」に従っているという。「漢流」について、佐々木丞平氏は「名刹の障壁画を中心とした室町桃山期の狩野派、特に元信や松栄・永徳を中心とした狩野派ではなかったろうか」（日本の美術6『与謝蕪村』）と述べている。これが通説となっているが、「漢流」というのは単に中国の絵という意味であろう。寛延三年に刊行された大岡春卜の『和漢名画苑』は、「漢流」「土佐派」「雪舟家」「古法眼流」「探幽流」「雑諸流」の五部から成るが、「漢流」には中国の絵を収録している。つまり、右の蕪村の文章は、百川は明代の文人画の画風を慕ったが、自分は特定の画風にこだわらず広く中国の絵を学んでいる、という意味であろう。

俳諧においては百川は支考の流れを汲み、自分は其角の流れを汲むが、共に先人の俳風にこだわらない点が共通していると述べている。また、俳人として名声を求めない点でも共通しているという。当時の蕪村に、俳諧宗匠として門戸を構える気持ちがなかったことがこの文言からうかがえる。百川は俳人として有名だが、しかし俳諧を職業とせず、画業の余技として俳諧に遊んだ。そうした行き方に蕪村は共鳴していたのである。

閑雲洞

この賛文の末尾に「丁丑（ていちゅう）（宝暦七年）九月嚢道人蕪村閑雲洞中ニ於イテ書ス」と記されているが、閑雲洞は鷺十の住む真照寺を指す。鷺十自身は閑雲楼と書いているが（『橋立の秋』序）、蕪村はみずからの好みにしたがって閑雲洞と改めたのであろう。潁原退蔵氏によれば「いま宮津、黒田氏の蔵する蕉翁（しょうおう）（芭蕉）図（現物未見）も百川が同地の俳僧鷺十の閑雲楼に寓して描いたものであるといふ」（「蕪村と百川」『潁原退蔵著作集』13）から、百川は閑雲楼に滞在したことがあったらしい。

加悦

なお、谷口謙氏によると、「蕪村の母は丹後国与謝郡加悦（かや）村の生まれで、現京都府与謝郡加悦町与謝二つ岩七十七番地、谷口登喜夫、愛子夫妻がその子孫」（『蕪村の丹後時代』）だという。だが前述した通り、蕪村の母が与謝の人だというのは単なる伝承であって確実な根拠はない。蕪村が加悦で、

　夏河を越すうれしさよ手に草履（ぞうり）

という句を詠んだことはよく知られているが、彼が加悦に行ったのは、施薬寺（与謝郡加悦町滝）から依頼された屏風絵を描くためであった。施薬寺には「方士求不死薬図」と題する六曲一双の屏風が現存する。

第二　三菓社時代

一　結　婚

趙　居

宝暦七年（一七五七）四十二歳の九月、蕪村は京都に戻り、画号を趙居と改めた。制作年次の判明する作品としては、「山水図」（東京国立博物館蔵）が帰京後の第一作だが、この絵に「戊寅（宝暦八年）秋、平安城南朱瓜楼中ニ於イテ写ス　馬塘趙居」と記されている。馬塘は毛馬塘のことで、この時初めて蕪村は自分の故郷を落款の中で用いた。

朱瓜楼は画室（アトリエ）の号だが、この号が記されているのはこの絵だけで他に例をみない。清水孝之氏の「蕪村画作年譜」に、「戊寅（宝暦八年）冬、平安城東朱菓楼中ニ写ス　趙居」の款記のある「寒山拾得図双幅」が記載されている。ほとんど同じ時期に描かれたものだが、この二つの款記を比べると、「朱瓜楼」が「朱菓楼」に変わり、住所が「城南」から「城東」に変わっている。二つとも本物だとすれば、宝暦八年の秋から冬の間に画室の号も住所も変えたことになる。

この時期「馬塘」の外に、「淀南」（淀川の南の意）「河南」（淀南と同意）「東成」（毛馬村のある東成郡を示す）など、蕪村の故郷にかかわりのある文字が、落款の中に集中して現れてくることは注目すべきである。「馬塘」や「淀南」はこの時期以外に用いられないが、「東成」は、画号の一部として、あるいは画号そのものとして、あるいは印文として、晩年の謝寅時代にいたるまで、ずっと用いられた。

宝暦八年夏、薙髪した記念に几圭が『はなしあいて』を出版し、蕪村は挿絵一葉を描いた。この中に鈳丈・几圭・蕪村の三吟百韻が収録されているほか、次の二句が収録されている。

『はなしあいて』

離別れたる身を踏ん込んで田植かな

とかくして一把に折りぬ女郎花

「牧馬図」に「己卯（宝暦九年）冬、三菓書堂ニ於イテ写ス　東成趙居」と記されているが、年次の判明する作品で趙居の号が用いられたのはこれが最後である。翌年宝暦十年（一七六〇）冬から謝長庚の落款が用いられるから、趙居の号は宝暦九年を最後に捨てられたのであろう。つまり、趙居の号は宝暦七年九月以後同九年まで用いられたことになる。ただし、「趙」という一字の印章は晩年まで俳画において用いられている。

「三菓書堂」は画室の号であり、朱瓜楼（あるいは朱菓楼）を三菓書堂と改号したのである。これが、款記に「三菓」の文字が見える最初だが、「三菓」という号は、三菓園・三菓軒・三菓亭・三菓堂などと、若干のヴァリエーションをもちながら、安永五年（一七七六）頃までの約十八年間ほど断続的に用いられている。「三菓堂図書印」という印章もある。安永八年の『連句会草稿』（乾猷平『蕪村の俳諧学校』）の序文に「三菓園月居書」と記されているから、三菓という号は後に門人の月居に譲られたのであろう（ただし、「三菓園」は月居の別号「三巣園」の誤読の可能性もある）。この「牧馬図」には「丹青不知老至」「字白大居」「我心応手」の三種の印を捺しているが、管見の限りでは「字白大居」「我心応手」の印が他に使用された例はない。

なお、佐藤康宏氏の「寺村家伝来与謝蕪村関係資料」（『日本絵画史の研究』）によれば、天明二年（壬寅、一七八二）に描かれた謝寅落款の「寿老図」に、三菓堂で描かれたことが記されている。管見の限りでは、安永六年以後、款記に三菓堂と記されているのはこれ一点だけである。後述するように、天明当時の蕪村は画室を雪斎・雪堂・白雪堂などと称しており、天明二年に描かれた絵に三菓堂と記されているのはいぶかしい。

この時期蕪村はもう一点「牧馬図」を描いているが、これには「馬ハ南蘋ニ擬シ人ハ自家ヲ用ユ」と記されている。馬は南蘋の画風にならい人物は自分流の描き方で描いた、というのである。南蘋は極彩色の細密画で有名な中国の画家沈南蘋、享保年間に日本に渡来して江戸時代の絵画に大きな影響を与えたことは周知の事実である。これ以後蕪村はしばしば款記の中で中国の画家にならったことを記すようになるが、中国人の画家の名が款記の中に現れたのは、この「牧馬図」が初めてであろう。

清水孝之氏が「近世南画家にあつて彼程多く馬を描いてゐる画家は他に例を見ない」(『蕪村の芸術』)と述べているとおり、蕪村は多くの馬の絵を描いた。「牧馬図」はその最初の作品といってよかろう。

宝暦八年(一七五八)に幕政に一つの変化があった。将軍の側衆御用取次であった田沼意次が一万石の大名に昇進し、老中と同様に評定所に出ることを許された。大石慎三郎氏は「宝暦八年九月三日以降、評定所の審議についての将軍への奏請権は、田沼意次が握っていたのである」と記し、「その奏請権を握った田沼意次の地位はほとんど決定的といってよいほど、大きいのである」と述べている(『田沼意次の時代』)。実質的には、この時から田沼時代が始まったといってよかろう。田沼時代には賄賂が横行し政治が乱れたといわれているが、文化史的にみれば、解放された市民のエネルギーをバックに江戸文化が花を開いた時期である。以後の蕪村の活躍の時期はこの田沼時代と重なっており、絵という、いわば贅沢品にたずさわる蕪村にとって、時代は良い方に向かっていたといえるだろう。

長庚・春星

前述のように宝暦十年（一七六〇）から蕪村の絵に謝長庚という落款が使われるようになる。宝暦末年頃からさらに謝春星という落款を用いるようになり、しばらく、長庚・春星という二つの画号を併用するが、夜半亭二世を襲名した明和七年（一七七〇）頃から謝寅を名乗る安永七年（一七七八）までの約八年ほどの間は、漢画ではもっぱら春星の号を用いている。謝寅の号を用いるようになった晩年にも、印章には長庚・春星の号を残している。長庚は宵の明星、つまり金星であり、長庚・春星いずれも星に関係する号である。

ところで謝長庚の謝だが、これは与謝という姓の一字を省略したものとみて間違いあるまい。つまり、遅くとも宝暦十年には蕪村は姓を与謝と称していたのである。与謝滞在中、友人の嘯山に、「辺音ヲ聞ケバコノ地（与謝を指す）ヲ愛スルコト難シ」と書き送った蕪村が与謝を姓としたのは矛盾するようだが、彼が与謝の姓を用いたのは妻が与謝の人であったからだと思う。

出家に俗姓はないから、俗姓を称したということは還俗(げんぞく)していたということである。出家すると同時に蕪村は俗姓を捨てたが、還俗すると同時に再び俗姓を名乗り始めたのである。丹後から帰京を告げる嘯山宛の手紙で、蕪村は自分のことを「野衲(やのう)」といっている。「野衲」とは僧侶の自称であり、丹後滞在中蕪村がまだ僧籍にあったことは明らかである。蕪村が還俗したのはこの後宝暦十年までの数年間ということになるが、趙居時代に謝を称した例はないから、宝暦十年に還俗して与謝を称したのであろう。帰京した後、画家として生計を立ててゆけるという見通しが立ったので僧籍を捨てたのだと思う。もともと僧侶になったのも世渡りの方便であったと思われるので、生活のめどさえ立てば還俗することに何の迷いもなかったはずである。もっとも還俗したからといって髪を伸ばしたわけではなく、絵師という職業柄もあって、相変わらず坊主頭で暮らしていたらしい。蕪村の自画像や門人月溪の描いた蕪村像はすべて坊主頭である。

帰京後は京都でも絵の注文がぼつぼつあるようになった。年次の判明する作品だけでも、宝暦八年に「山水図」一点、宝暦九年には「棕梠(しゅろ)図」「牧馬図」の二点、宝暦十年には「倣王蒙(おうもうにならう)・倣米芾(べいふつにならう)山水図」の六曲一双の屏風絵を含めて三点、宝暦十一年には「陶淵明(とうえんめい)図」など四点と、次第に作品の数が増えている。

特に「倣王蒙・倣米芾山水図」屏風は、蕪村が積極的に文人画（南画・南宗画）の手法を取り入れようとしたことを示しており、蕪村の画家としての歩みを考える上で逸することのできない作品である。王蒙は元代から明代にかけて活躍した画家で、中国南宗画の祖として知られる。米芾は宋代の文人で、山水画法の米点（墨の点描）の創始者として著名である。

西羊上京

宝暦十年の春、武州騎西（埼玉県北埼玉郡騎西町）の西羊が上京した際、蕪村は彼の宿所を訪れている。『紀行笠の柳』に西羊は、

> 安里・巴臼・子鳳の輩、山只・太祇・几圭・蕪村・移竹・文下・麦喬・浮風・烏文、その外西ひんがしの国より上り合ひ給へる風人、都の雅人も多く出でおはして贈答あれど、ことのしげきにもらし侍る。

と記しているが、こんな所に蕪村が顔を出しているのは興味深い。あるいは、江戸に居たころ面識があったのであろうか。西羊は江戸小網町に養老庵という別邸を構えて、悠々自適の生活を送っているから、相当の金持ちであったのだろう。俳諧は涼袋（建部綾足）門で蕪村とは俳系を異にする。

結婚

蕪村が結婚したのはこの頃であろう。正確な時期は不明だが、明和三年（一七六六）九月

讃岐へ出立する時に召波に宛てた手紙によって、当時すでに蕪村に妻と子供（蕪村は「嬰児」と記している）のあったことがわかる。この子供はくのという名の女の子で、安永五年（一七七六）に結婚している。

嬰児とは赤ん坊のことであり、文字通りの意味に解すると、娘のくのは明和三年には二、三歳だったことになる。そうすると結婚したのが十二、三歳ということになり、早婚が珍しくない時代とはいえ結婚するには早過ぎる。それでぎりぎりまで引き上げて、通説では明和三年には五歳ぐらいにはなっていたであろうといわれている。これだと結婚したのが十五歳くらいとなり、一応早婚の不自然さは解消される。

しかし、娘の年齢を割り出すのに、「嬰児」という言葉を根拠にする従来のやりかたには問題がある。蕪村は明和三年には五十一歳という高齢であったから、娘との年齢差は普通の家庭なら祖父と孫ほどの開きがある。このことを考えると、七、八歳の娘を赤ん坊扱いして「嬰児」と呼んだ可能性もある。三十歳近くの月渓を「児輩」（子供）と呼び（近藤求馬・午窗宛、□・12・7）、二十代半ばの月居を「悪少年」と呼んだ（几董宛、□・□・18）例もある。このような蕪村の特殊な用語例を考慮すると、「嬰児」も必ずしも赤ん坊を指すとは限らない。私は、従来考えられていたよりも娘の年齢は上であり、結婚した時には当時の適齢期である十七、八歳に達していたと思う。

私の推定する娘の年齢から逆算すると、蕪村は遅くとも宝暦十年頃に結婚していたと考えられる。宝暦十年に与謝氏を称したのは、結婚と関係があると思う。

妻の名はともといい、蕪村没後は清了尼（せいりょうに）と称した。蕪村が没した天明三年（一七八三）から三十一年後の文化十一年（一八一四）に没しているから、かなり長寿だったとしても、蕪村とは少なくとも二十歳ほどの年齢の開きがあったであろう。蕪村の家庭は、蕪村の年齢からいえば、妻が娘の年齢であり、娘が孫の年齢であったことになる。

妻については没年以外のことはほとんどわからない。蕪村の手紙に「田舎より妻一家どもまかり登り」（宛名不明、□・3・12）とか「田舎より愚妻縁類どもまかり登り」（士川（しせん）宛か、天明1・閏5・27）などという文句が見えるから、妻の実家が「田舎」にあったことはわかるが、その田舎を特定する手掛かりはない。ただ、妻の家族や親類が蕪村を訪ねていることから、その実家が京都からさほど遠いところでなかったことは確実である。前述したとおり、私は与謝であろうと思うが、それを裏付ける資料はない。

二　屏風講

『俳諧古選』

宝暦十三年（一七六三）正月、嘯山編『俳諧古選』が刊行された。その付録の部に「春の海終日のたりのたりかな」のほか、蕪村の句が計四句収録されているが、京都の住人であるにもかかわらず、蕪村は太祇と共に江戸の俳人として扱われている。これについて編者嘯山は、「祇（太祇）・村（蕪村）、近ゴロ倶ニ洛ニ居ス。然リト雖モ江都（江戸）ノ部ニ接入スルハソノ調ベヲ以テスルノミ」と述べている。太祇や蕪村の俳風は、嘯山から江戸風だと見られていたのである。

碧雲堂

この年蕪村は画室に碧雲洞という号を用いた。款記に碧雲洞と記されている絵は現在十点知られているが、このうち年記が明記されているのは「寒林慎独図」「山水図屏風」「野馬図屏風」の三点で、年記はいずれも「癸未」（みずのとひつじ）、つまり宝暦十三年である。このことから蕪村が碧雲洞と号したのは宝暦十三年だけであり、碧雲洞で画かれた絵はすべて宝暦十三年の作だと推定される。すなわち宝暦十三年には少なくとも十点の絵が画かれたことになるが、急激に絵の数が増えていることから、蕪村の身辺に何ら

野馬図屏風〔右隻（部分）〕（京都国立博物館蔵）

かの変化が起こったことは明らかである。次に述べるように、この年に屏風講が始まっていることから、蕪村に有力なパトロンが現れたのではないかと想像される。

なお、「寒林慎独図」の款記は「碧雪洞」と読めるがこれは「碧雲洞」の書き損じであろう。また、河東碧梧桐著『画人蕪村』所収の「深林孤屋図」に「謝寅碧雲洞ニ於イテ写ス　天明壬寅晩冬望」と記されているが、天明二年（壬寅）の絵に碧雲洞と記されているのは疑問で、これは偽物であろう。

宝暦十三年から明和三年（一七六六）までの四年間に、蕪村は相次いで絖本や絹本の屏風絵を制作した。この時期を屏風講時代という。屏風講とは、蕪村の屏風絵を購入する仲間の名称だが、そのメンバーなどは一切不明である。

屏風講の結成について、橋本正志編『藤原源作翁伝』（『国華』一四八）に興味深いエピソードが伝えられている。真偽のほどは不明だが、これを要約すれば次のようになる。

ある日蕪村の門人が集まって雑談をしていると、そのうちの一人が蕪村が富籤（宝くじ）を買ったことを話した。日頃寡欲な蕪村が富籤を買ったことが信じられず、門人が蕪村に糺すと、彼はその事実をあっさりと認めて、その理由を次のように語った。自分はかねて絖張り（絖本）の屏風に画いてみたいと思っていたが、絖張りの屏風は高くて自分のような貧乏画家には手が届かない。それで絖張りの屏風を買う金を手に入れようと思って富籤を買ったのだ、と。これを聞いた門人たちは蕪村のために屏風講を組織して蕪村に存分に腕を振るわせた。

屏風講時代に制作された絖本・絹本の屏風絵は次の通りである。

山水図屏風（絖本、出光美術館蔵）

宝暦十三年四月碧雲洞での作。〔落款〕謝長庚。東成謝長庚。〔印章〕潑墨生痕・謝長庚・春星氏・謝長庚印・春星・東成。

野馬図屏風（紙本、京都国立博物館蔵）

同年八月三菓軒および碧雲洞での作。〔落款〕東成謝春星・東成謝長庚。〔印章〕春星・謝長庚印

山水図屏風（紙本、文化庁蔵）

明和元年夏三菓亭での作。〔落款〕謝長庚。〔印章〕謝長庚印・春星・潑墨生痕・三菓居士。

山水図屏風（紙本、個人蔵）

同年九・十月三菓亭での作。〔落款〕東成謝長庚・謝長庚。〔印章〕謝長庚印・春星・謝長庚・謝春星。

柳塘晩霽図屏風（紙本、フリーア美術館蔵）

同年十一月三菓亭での作。〔落款〕謝長庚・東成謝春星。〔印章〕謝長庚・謝春星・謝長庚印・春星・潑墨生痕。「柳塘晩霽図　陳霞狂筆ニ擬ス」と記す。

青楼清遊図屏風（絹本、個人蔵）

明和二年六月作。〔落款〕春星。

蘭亭曲水図屏風（絖本、東京国立博物館蔵）

同年作。〔落款〕謝長庚。〔印章〕謝長庚印・潑墨生痕・山水自清言。

草廬三顧・蕭何追韓信図屏風（絖本、野村文華財団蔵）

製作年次不明。〔落款〕謝長庚。〔印章〕謝春星・謝長庚。

龍山勝会・春夜桃李園図屏風（絹本、MOA美術館蔵）

製作年次不明、三菓堂での作。〔落款〕謝長庚・東成謝長庚。〔印章〕潑墨生痕・謝長庚印・謝長庚・謝春星。

右の屏風絵のうち文化庁蔵の「山水図」はやや簡略な筆致で描かれているが他はいずれも極めて精密な絵で色彩も美しい。この時期から蕪村の絵には、淡彩ながら美しい色彩の絵が多くなり、蕪村独自の様式が確立されていく様相がうかがえる。

「柳塘晩霽図屏風」には右の表に挙げた絖本とは別に、もう一点紙本の「柳塘晩霽図屏風」があり、日本の美術『与謝蕪村』に収められている。款記によれば紙本の制作は明和元年（一七六四、宝暦十四年六月二日に明和と改元）の九月（右隻）と十一月（左隻）であり、絖本とほとんど同時期である。同じ時期に同じような屏風絵が二点作られているのはどういうことなのか、私には説明がつかない。掛幅では、蕪村は同じような図柄の絵を何枚も描いているが、屏風ではこれだけであろう。なお、この他に紙本の「何遜堂梅花図・羅浮仙女図屏風」（明和二年作、二曲一双、着色、山梨県・嘯月美術館蔵）と「茶筵酒宴図屏風」（明和三年作、六曲一双、着色、同館蔵）があり、それぞれに蕪村自筆の漢詩文の賛がある。「羅浮仙女図」の賛は、池沢一郎氏の教示によれば『古今事文類聚後集』巻二十八の「梅花ノ下ニ飲ム」という文章だが、「何遜堂図」の方はまだ出典を確認していない。「茶筵酒宴図」の賛は、『文選』巻二十に収める、曹子建と王仲宣の「公讌詩」である。賛の書も見事であり、書においても蕪村がかなり修業を積んでいたことをうかがわせる。

絖本とは絵を描くための絹地の一種で、『日本美術辞典』（東京堂出版）には、「中国産を最上とする絖を用いた場合には特に絖本という」と記されている。後には日本でも作られたらしく、蕪村の頃は国産のものが用いられたのであろう。しかしそれでも普通の絹地よりは高価であることはいうまでもなく、日本美術絵画全集『与謝蕪村』の解説で、星野鈴氏は次のように述べている。

> 蕪村の画は絹地に描かれたものが多い。これはたとえば大雅に絹本を用いた画が非常に少ないこと、絖本にいたってはあれだけ数多くの作品を遺しながらわずかに一

点しかないことを思うと、蕪村の周辺にはいかに富裕な人々が多かったかを思い知らされる。

比較的短い期間に相次いで屏風絵が製作されていることから、屏風講が存在したことは間違いあるまいが、屏風講の存在を伝える当時の資料は、百池（ひゃくち）宛と推定されている蕪村の一通の手紙（□・2・29）だけである。この手紙に「今日は屏講（びょうこう）、定めて御出席と存じ候」と記されているが、「屏講」とは屏風講の略語であろう。この手紙は宛て名を欠いているが、百池の後裔（こうえい）の寺村家に伝来したので百池宛と考えられている。しかし彼が蕪村の門人になるのは、屏風講時代よりかなり後の明和八年（一七七一）であり、年代が合わない。私は、寺村家には鉄僧（てっそう）から百池に譲られた蕪村の手紙もあると考えており、これはその一通だと思う。これが鉄僧宛の手紙だとすると、彼が屏風講のメンバーの一人であったことが判明し、今までまったく不明だった屏風講のメンバーを考える重要な糸口となる。鉄僧については後述する。

なお、尾形仂氏によれば、右の手紙は筆跡からみて安永年間の執筆だという。安永になると蕪村に関する情報がかなり多くなるが、しかし、安永年間に屏風講が存在したことを裏付ける資料はない。この手紙の執筆年次についてはなお検討を要する。

右に挙げた屏風絵に用いられた印章は、「蘭亭曲水図屏風」に捺された「山水自清言」の一点を除けば、すべて帰京以後に作られた新しい印章である。「潑墨生痕」は蕪村の気に入りの文句を印文に用いた遊印だが、蕪村は晩年までこの印を愛用した。国宝の「十宜図」にも、すべての絵にこれが遊印として捺されていることは周知の通りである。制作年次の判明する絵で、この印章が最初に用いられたのは宝暦十一年作の「蘆雁図」である。

潑墨生痕

この印章について、『蕪村図譜』の早川聞多氏の解説の中に次のような一文がある。

この「潑墨生痕」といふ言葉の出所が、私にはなかなか判らず、蕪村が自分で作つた言葉ではないかと考へてゐたが、とある機会に見ることが出来た絵によつて、この蕪村愛用の印章の出所を知ることが出来た。その絵は雪景の淵に漁師の家族をのせた屋形船が浮かぶ図で、画中に「古木短篷」といふ題と「霞狂陳汝文画」といふ落款があり、その下に「陳霞狂印」（朱文円印）と共に、正に白文長方印「潑墨生痕」が捺してあつたのである。

陳霞狂は『元明清書画人名録』（彭城百川著、高芙蓉・木村蒹葭堂・鳥羽台麓補訂）に、

陳汝文　号霞狂　人物山水

陳霞狂

と記載されているが、中国の画史・画伝類には見えない人物だという（日本美術絵画全集『与謝蕪村』解説）。つまり陳霞狂は本国の中国ではまったく無名の画家だったのである。しかし蕪村はこの人の絵がよほど気に入っていたらしく、「春夜桃李園図」「随堤晩歩図屏風」「柳塘晩霽図屏風（絖本）」「柳風払面図」の四点の絵に、陳霞狂にならった旨の款記が記されている。

三　三菓社句会

宋屋没

明和三年（一七六六）三月十二日、宋屋が七十九歳で没した。蕪村は五十一歳である。宋屋一周忌追善集『香世界』に、蕪村は「かの終焉の頃はいささか故ありて余所へ過ぎ行き」て、葬儀に出席しなかったと述べている。宋屋と蕪村の親密な関係を考えると、京都近辺にいれば宋屋の葬儀に出席しなかったとは考えられないから、この時蕪村は京都からかなり離れた所に、旅に出ていたのであろう。おそらく絵を描くためであろうが滞在した場所は不明である。

三菓社句会

この年、蕪村を中心とする三菓社という俳諧愛好家のグループができて、その第一回目の句会が六月二日鉄僧の居宅大来堂で行われた。三菓社と称したのは、尾形仂氏のいう通り、龍草廬の幽蘭社（京都）、片山北海の混沌社（大坂）などの詩社の名称にならったのであろう（「〈座談会〉蕪村——絵画と文学」『文学』昭59・10）。句会の記録は『夏より　三菓社句集』と題して百池の後裔の寺村家に伝来した。

句会は発句だけの会で、毎回兼題が出されている。兼題はあらかじめ出しておく題で、第一回目は、蟬・真桑瓜・簟・祇園会・昼顔の五題である。後に三題となり明和七年七月からは探題が加えられた。探題とは当日に出される題である。句会はどのように行われたか不明だが、「連句会草稿」に「連句発句衆議判之事」とあるように、参加者全員が点を入れ合う衆議判の形をとっていたと思う。兼題と探題によって発句を作るという句会の形は、蕪村が夜半亭を継承した後もずっと続いた。

第一回目の句会に出席したのは、蕪村・太祇・召波・鉄僧・竹洞・印南・峨眉・百墨（後に自笑と改号）の八人である。太祇は中興期の俳壇を代表する一人、もとは江戸の人だが当時は京都の遊郭島原に不夜庵を結んで暮らしていた。この時五十八歳である。神沢杜口の『翁草』に、役者付き合いの好きな人物だったと記されているが、島原に住んでいれば役者と接触する機会も多かったであろう。太祇は蕪村より七歳年長だったが、これ以後死没する明和八年まで、蕪村の親友の一人であった。

召波

召波は京都の人で乾猷平（いぬいゆうへい）氏が蕪村門十哲の一人に挙げた人物である（『未刊蕪村句集』、以下、蕪村門十哲は乾氏の選定に従う）。嵐山（らんざん）編『猿利口（さるりこう）』に「東武南郭（なんかく）が門人」と記されているから、江戸に留学して服部南郭に儒学や詩文を学んだ時期があるのだろう。後に龍草廬（たつそうろ）の幽蘭社（ゆうらんしゃ）に属して柳宏（りゅうこう）の名で漢詩を作り、明和五年（一七六八）の『平安人物志』には学者の部（詩人を含む）に記載されている。明和三年当時四十歳である。

鉄僧は、「蕪村と鉄僧」（『国文白百合』27）で述べた通り、医師雨森章廸（あめのもりしょうてき）の俳号であると、私は考えている。章廸は医を業としたが、書にも巧みで、京都の金福寺に現存する蕪村の墓碑の文字を書いた人物として知られている。後に蕪村のパトロンとなる百池は、彼に書を学んだという。章廸は天明二年の『平安人物志』に毛惟亮の名で医者として登録されている（ただし、『平安人物志』に医者の項目はなく、医者は「学者」の一部に列挙されている）。住所は白川橋三条下ル町である。蕪村追善集『から檜葉（ひば）』所収の「哭　謝蕪村先生」という章廸の文章によれば、彼と蕪村とは三十年に及ぶ交際があった。天明六年（一七八六）没、年五十五。

自笑

百墨（自笑）は京都の人、浮世草子の出版で有名な八文字屋（はちもんじや）の三代目である。当時は八文字屋の衰退期といわれているが(長谷川強『浮世草子新考』)、『翁草』に「八文字屋自笑といへる草紙屋、年々役者の評判記を出す板元にて、世に知る処なり」(巻百四十)と記しているように、当時は役者評判記の版元として知られており、なおかつての余光を保っていた。

竹洞・印南・蛾眉の三人は不明だが、明和七年十月二十日付召波宛の蕪村の手紙の「竹老人」は竹洞ではないかと思われる。この推定が当たっているとすれば、竹洞は召波の掛かり付けの医者であった可能性が高い。

鉄僧

この句会が屏風講が解散した頃に始まっていることから、屏風講のメンバーの中の俳諧好きが音頭を取って句会が結成されたと私は考えている。第一回目が鉄僧の大来堂で行われており、一時中断した後再開した最初の会も大来堂で行われているから、その音頭を取ったのは鉄僧であろう。召波宛の蕪村の手紙に「昨夜鉄僧社中の会にて、不夜庵主(太祇)も出席」(□・7・2)という文言が見えるが、「鉄僧社中の会」とは三菓社句会をいうのであろう。三菓社句会は蕪村が中心であったことはいうまでもないが、鉄僧の仲間によって結成された句会であったから蕪村はこのように呼んだのだと思う。

三菓社句会の性格

三菓社は蕪村を中心とする俳諧結社ではあったが、普通の俳諧結社のように師弟関係を軸とする集まりではなく、いうなれば同好会であった。つまり、浮世の束縛を離れて風雅に遊ぶことを目的とした、インテリ町人の集まりだったのである。これ以後蕪村の句に高踏的な句が多く生まれるのは、こうした句会の雰囲気が大きく影響したことは間違いない。

三菓社句会は本来蕪村を中心とする社交の場として企画された。俳諧を目的とする集まりならば、メンバーの中に専門家の太祇もいることだから、蕪村がいなくても会を続行したはずだが、実際は蕪村が讃岐に滞在していた間は句会を中断している。このことは三菓社句会が蕪村を中心とする社交の場であったことを示している。おそらく、屏風講も社交の場として利用されていたのであろう。

雅因

この頃、蕪村は雅因（がいん）と親交を結ぶようになったらしい。明和三年九月、讃岐から召波に当てた手紙で、蕪村は「雅（雅因）・嘯（嘯山）・祇（太祇）の三子、よろしく御伝え下さるべく候」と記しており、当時すでに雅因が蕪村の親友の一人であったことがわかる。雅因は嵯峨に宛在楼（えんざいろう）を結び、俳諧を趣味として悠々自適の生活を送っていたが、宛在楼からの眺望の素晴らしさは、几董（きとう）著『新雑談集』に詳細に記されている。従来、彼は島原の妓楼吉文字（きちもんじ）屋の主人だといわれてきたが、島原の案内記『一目千軒（ひとめせんげん）』（呑獅（どんし）編、宝暦

7）には吉文字屋という妓楼は見当たらない。雅因の職業や身分については今後の検討課題である。

四　讃岐への旅

讃岐へ出立

明和三年（一七六六）五十一歳の九月、蕪村は讃岐へ旅立った。発足にあたって、蕪村は召波に次のように書き送っている。

　不佞（私）旅行、御察しの通り、讃州へむけ発足つかまつり候。帰期はしれがたく候。尤も留守中只今の通り、賤婦（妻）相守りまかり在り候間、この辺御行過の節は折々御訪ね下さるべく候。殊更嬰児（赤ん坊）もこれ在り候故、留守中心細き事に御座候。諸方知己（知人）の御方、折々御尋ね下され候を力につかまつり候程の儀に候間、かならずかならず御尋ね下さるべく候。……しばらく田舎漢を相手に致すべく候。おもしろからぬ事に候。しかし讃州まで京師（京都）の人と同行つかまつり候。浪花より兵庫へ陸を参り候。須磨・明石・一の谷などをも巡歴いたし候つもりに候。

この讃岐行が気の進まない旅であったことは一読して明らかである。妻子を京都に残していやいやながら讃岐へ行かざるをえなかったのは、京都では絵の注文がなくなったからであろう。丹後から帰った後、蕪村の絵の愛好者も増えて屏風講まで結成されるようになった。しかしそうした人々の需要を一通り満たした後は、新たな注文を得ることはむずかしい状況だったに違いない。当時の蕪村は、京都にいても諸国から注文が相次ぐような絵師ではなかった。讃岐の旅はいうなれば販路拡大の旅だったのである。

なお、屏風講で蕪村が多額の収入を得たと考えるのは多分間違っているだろう。購入する側からすれば、絹本や絖本の屏風は高かったであろうが、これは材料費が高いのであって、蕪村が手にする画料はさほどの金額ではなかったとみて誤るまい。画料のことは後に述べる。

丈石同行

右の手紙で「京師の人と同行つかまつり候」と記しているが、同行の人物は、『落日庵句集』(蕪村の句集)の「片枝(かたえだ)は雪に残して帰り花」という句の前書きから丈石(じょうせき)と判明する。丈石は京都の俳人で『誹諧家譜(はいかいかふ)』の著者として知られている。安永八年(一七七九)に八十五歳で没しているからこの時七十二歳、当時としては大変な高齢であった。蕪村は彼と俳系を異にするが、宝暦二年(一七五二)の『双林寺千句』で同席しているので、その時に知り合いになったのであろう。

讃岐における蕪村の動静は不明の部分が多く、今日判明している蕪村の動静は次の通りである。

明和三年九月、京都出立。
明和四年三月、琴平で「寿老人・鹿・鶴図」三幅対を画く。
同年三月、宋屋一周忌追善のため一時帰京。
同年五月、琴平で「秋景山水図」を画く。
同年冬、琴平で「水辺会盟図」を画く。
明和五年四月、丸亀妙法寺で「山水図」を描く。
同年四月二十三日、帰京の途につく。

琴平・丸亀に滞在したことは右の表で明らかだが、このほか、高松に滞在したことは、「炬燵出てはや足もとの野河かな」という句の前書きに、「讃州高松にしばらく旅やどりしける」とあることから確実である。蕪村と丈石は須磨・明石・一谷を経た後、船で高松に向かったのであろう。ここで丈石と別れた蕪村は、明和三年中は高松に滞在し、その後、琴平・丸亀と長期の滞在を重ねて（この間一時帰京）、明和五年四月二十三日丸亀から京都に向かったと思われる。
高松では蕪村は豪商の三倉屋富山家に滞在したという言い伝えがある。当時の富山家の当主は五代市太夫宗有であった（『香川県史』3「讃岐の俳諧」）。乾猷平氏の『蕪村と其周囲』には「そんな関係で富山家には蕪村の大作や種々面白いものが極く近年まで遺ってゐたそうであります」と記されているが、これまでに紹介された蕪村の絵で、高松で描かれたことが確認できるものはない。

琴平の画作

琴平では管暮牛の家に滞在したと言われている。暮牛は酒造業を営む裕福な町人で（『蕪村と其周囲』）、後に蕪村の門人となった人物である。ただ、蕪村の讃岐滞在当時の二人の交際を裏付ける資料はない。また、暮牛は明和五年（一七六八）京都に長期滞在しているが（明和六年『春慶引』）、この時蕪村と交わった形跡がないのも不審である。
蕪村が琴平で描いた絵は次の五点である（かっこ内は款記）。
寿老人・鹿・鶴図三幅対（明和丁亥〈四年〉春三月、象岳窓舎ニ於イテ写ス　東成謝長庚）
秋景山水図（明和丁亥夏五月、象頭山下客舎ニ於イテ写ス　春星）
水辺会盟図（丁亥冬、象頭山下客舎ニ於イテ写ス　長庚）
一路寒山図屏風（沈石田筆意ニ擬シ、象頭山客舎ニ於イテ写ス　謝春星）

象頭山（琴平町史編集委員会編『町史ことひら』より）

山水図（銭貢筆意ニ倣ヒ、象頭山下臨川亭ニ於イテ写ス　東成謝春星）

象頭山は金刀比羅神宮のある琴平山の別称で、象頭山下とはその麓の琴平を指す。「一路寒山図屛風」に賛として記された「一路寒山万木ノ中」という文句は、韓翃の「斉山人ヲ送ル」（『三体詩』）という詩の一句で、蕪村のお気に入りの詩句であったらしく、これを賛に記した絵は五点を数える。款記に記された沈石田は「明の南宗画派復興の先導者として高名」（水墨画大系『大雅・蕪村』解説）な画家で名は周、蕪村の他の絵では「欲雨寒林図」にも「沈周ニ擬ス」と記されている。「山水図」に記された銭貢は明代の画家で、『元明清書画人名録』に「字禹方、号滄洲、呉人、山水人物」と記されている。琴平で沈周や銭貢の絵を見る機会があり、その画法を取り入れたのである。「山水図」に記された「臨川亭」は暮牛の住まいであったというが、これを裏付ける資料はない。

妙法寺の画作

丸亀では妙法寺に滞在した。同寺は天台宗であり、蕪村とは宗門上の関係はない。岡田利兵衛氏は、

最近発見された資料によると妙法寺は菅家の旦那寺である由、その関係で蕪村が妙法寺に滞居したのである。

と述べている（『俳画の美』）。菅家の菩提寺が当初丸亀の妙法寺だったことは、碧梧桐の『画人蕪村』にも見えるが、岡田氏の言を裏付ける資料はない。

蕪村が同寺に遺した作品は次の六点である。

蘇鉄図屏風（階前闘奇　酔春星写）
寿老人図（虚洞写）
墨竹図（董其昌ニ擬ス　虚洞写）
寒山拾得図（無款）
山水図襖絵（無款）

蘇鉄図屏風〔左隻〕（丸亀・妙法寺蔵）

山水図屏風（明和戊子〈五年〉夏四月　謝春星写）

右の内、現在屏風に仕立てられている二点の絵は元は襖絵であった。「蘇鉄図」は讃岐時代の最高傑作であるばかりでなく、蕪村一代の傑作の一つに数えられている。款記に「酔春星写」と記しているから、酔いにまかせて一気呵成に描き上げたのであろう。

「寿老人図」と「墨竹図」の虚洞という落款は珍しい。おそらく丸亀滞在中に一時的に用いた画号であろう。この二点以外に『蕪村遺芳』に「香川県牧助三郎氏蔵」として掲載する「墨竹図」にも虚洞の落款がある。今日知られる虚洞落款の絵はこの三点のみである。なお、虚洞は霊洞とも読める。虚と霊の草体は酷似するから明確に判別することはむずかしく、一応虚洞と読んでおく。

妙法寺の「寒山拾得図」とは別に、「劉俊ニ擬シ南海宕舎ニ於イテ写ス　東成謝春星」と記された「寒山拾得図」がある。これも讃岐滞在中の絵とわかるが、描かれた場所は不明である。款記に記された劉俊は、中国明代末期の山水画家である（『画人蕪村』）。

玄圃との交友

前述した通り、蕪村は高松では富山家に、琴平では菅家に滞在したといわれているが、この両家と蕪村の交流を示す資料は残っていない。現存する文献の範囲でいえば、讃岐滞在中に蕪村が最も親しく交わったのは玄圃（げんぽ）（姓は未詳）という人であった。帰京後玄圃に宛てた手紙で蕪村は、「まことに貴境客居（かくきょ）中は、別して御知己、生涯忘却つかまつらず候」（明和5・8・3）と記している。しかし玄圃については具体的なことはほとんどわからない。玄圃が俳人ではなく漢詩人であったことは、蕪村の手紙で明らかだが、『日本詩選』や『五山堂詩話』の中に讃岐の詩人で玄圃という人を見いだすことはできない。

玄圃が高松の人であることは、まず間違いあるまい。讃岐滞在中の玄圃宛の蕪村の手紙に、「斗觴（としょう）子帰東に付き、一翰（いっかん）啓上つかまつり候」（明和5・1・21）と見える。斗觴（玄圃の知人）が東へ帰るので手紙を託します、というのだが、これは西讃の丸亀から東讃の高松に帰る斗觴に託した手紙であろう。

『落日庵句集』に

西讃に客居（旅住まい）して東讃の懶仙翁に申しおくる

東へもむく磁石あり蝸牛

という句が見えるが、この句は蕪村が丸亀滞在中に高松の玄圃に送ったものであろう。懶仙翁というのは蕪村が玄圃に付けたあだ名だと思う。玄圃宛の手紙で蕪村は「当境（丸亀を指す）詩友もこれ無く、春来俳諧の発句二つ三つ申し出で候に付き、則ち御慰みに進じ申し候」（明和5・1・21）と記しているが、この文言から時折蕪村が玄圃に丸亀から発句を送っていたことがわかる。右の句はその内の一句であろう。

玄圃宛の手紙には讃岐滞在中に蕪村が親しく交わった人々として、斗觴・久保先生・玄中・汀左・移山・文霞・君義・渡辺親子などの名が見える。久保先生は古高松（高松市高松）の医師久保桑閑であろう。城福勇氏の『平賀源内』に「桑閑は家富み、風流・文雅をたのしみ、本草学にも心得があった。のちに志度の渡辺桃源とともに、源内の郷里におけるパトロン的存在となる」と記されている。天明二年（一七八二）没、年七十三。汀左は『象山陰』（宝暦初年刊か）に見える高松の俳人汀左であろう。

渡辺親子は渡辺不遠・桃源父子だという（『香川県史』3「讃岐の俳諧」）。不遠・桃源の渡辺家は志度（香川県大川郡志度町）の豪商で、通称を宇治屋伝左衛門といい、不遠は第五代、桃源はその養子で六代目である。父子とも俳人として知られているが、漢詩のたしなみもあり、『日本詩選』には渡辺不遠の詩が一首掲載されている。同家の庭に建てられた臨江亭と称する別棟からの眺望はすばらしく、その景観は二柳の『壬午紀行』の「臨江亭賦」に詳しく記されている。嘯山にも「志度某氏ノ臨江亭ニ登ル二首」の作がある。不遠父子と付き合いがあったとすれば、蕪村も当然臨江亭の眺望を楽しんだはずである。

他の人々については全くわからない。当時の高松・琴平・丸亀の俳人を網羅している『象山陰』や『玉淵集』(安永3序)に名を見出すことができないから、俳人ではなく玄圃社中の漢詩人であろう。

これらの人々と蕪村の交友の一端は、帰京後の玄圃宛の手紙の「貴君蛸の一曲、芥子園雪隠のかるわざ思ひ出だし、ひとり絶到つかまつり候」(明和5・8・3)という文言から想像できる。絶到とは抱腹絶到のことで腹を抱えて大笑いすることである。蕪村は京都へ帰った後、玄圃の蛸の一曲や芥子園の雪隠の軽業を思い出して一人大笑いをしていたのである。芥子園は文人画のテキストとして有名な『芥子園画伝』だが、ここは、この本を金科玉条として絵を勉強しているアマチュア画家のあだ名であろう。玄圃の蛸の一曲や、芥子園とあだ名された人物の雪隠の軽業がどのようなものであったかわからないが、思い出して抱腹絶到するような滑稽な隠し芸であったことは明らかである。おそらく酒席の余興として演じられたものであろうが、蕪村の交際には常にこうした笑いがあった。玄圃も漢詩人に似合わない洒脱な人柄だったのである。

繁華の地

なお、讃岐滞在中の玄圃宛の手紙で「金比羅も三月市、若太夫相決まり候由、そわそわとさわぎ立て候」(明和5・1・21)と記しているが、三月に行われる金毘羅の芝居に一月中からそわそわしているのは、いかにも芝居好きの蕪村らしい。

「日頃聞きしに百倍したる大会の市なり。商人軒を並べ莚を争ふ。飴はここの産物とぞ。京・大坂の仮芝居、繁花耳目を驚かして登山」(宋屋『小春笠』)と記された琴平はいうまでもなく、「館舎閭巷の花も今をさかりにして、町なみは往来の塵をたてて賑はしく、馬駕引きつづきて道をせばむ」(青蘿『讃州金毘羅芸州厳島詣之記』)という丸亀も、蕪村が予期した以上の繁華の地であった。いやいやながら出掛けた讃岐への行脚であったが、結果的には満足すべき旅になった。

『平安人物志』

讃岐滞在中の明和五年三月、京都で『平安人物志』が刊行された。この本は学者(詩人を含む)・書家・画家・篆刻者・卜筮者・相者の部に分けて、それぞれの専門家の名前を列挙したものだが、この画家の部に蕪村の名が次のように記載された。

帰京

謝長庚　字春星、号三菓亭。
四条烏丸東へ入町　与謝蕪村

登録された画家はすべて十六名で、蕪村は大西酔月・円山応挙・伊藤若沖・池大雅に次ぎ、五番目に記載されている。この時蕪村は五十三歳である。

この年四月、蕪村は帰京の途についた。四月二十二日付の玄圃宛の手紙に、

何とぞ今一度接席つかまつり候ひて、ゆるゆる御いとま乞もつかまつるべく存じ候所、そのこともなく、もはや今明日ばかりの讃州と存じ候へば、山川雲物（自然の風景）共にあはれを催し申し候事に御座候。

と述べており、親交を結んだ玄圃に暇乞いをする余裕もない慌ただしい上京であった。おそらく高松を経由せず、丸亀からただちに京都に向けて出立したのであろう。讃岐滞在中、俳諧において見るべき成果は何もなかった。

五　句会再開

明和五年（一七六八）四月下旬、蕪村は妻と娘の待つ京都の自宅へ戻った。そのすぐ後の

五月六日、鉄僧の大来堂で三菓社句会が再開された。再開第一回目のメンバーは、鉄僧・竹洞・自笑（前号は百墨）・蕪村の四人、いずれも発足当時のメンバーである。第二回目はその十日後の五月十六日に召波邸で行われた。前記の四人に加えて召波・太祇・支石（しせき）が参加した。召波と太祇は蕪村が讃岐へ行く前からのメンバーだから、新規参加は支石一人ということになるが、彼についてはは何もわからない。

鶴英

六月には鶴英（かくえい）が参加し、七月には田福（でんぷく）が参加した。二人とも蕪村門の有力なメンバーとなる。鶴英は伏見の人で、『落日庵句集』に

　　鶴英文台（ぶんだい）開き
　雲を開く山ほととぎす第一義

とあるから、俳諧を業としたことがわかる。文台開きとは、俳諧宗匠となったことを世間に披露する儀式である。右の句はその儀式の際に、祝儀として蕪村が鶴英に贈ったのである。彼は宋屋の『杖の土』「西南」の部の序を書いているから、もとは宋屋の門人であり宋屋が没したので蕪村についたのであろう。

田福

田福は川田氏、蕪村門十哲の一人である。呉服太物（ふともの）を商う京都の商人であり、本店を京都五条室町に構え池田に出店があったことはすでに述べた。この時四十八歳で蕪村よ

り五つ年下である。田福は百池の父三貫の妹を妻にしているから（乾猷平『蕪村と其周囲』）、後に蕪村のパトロンとなる百池の義理の叔父に当たる。宝暦二年（一七五二）の『双林寺千句』で蕪村と田福はすでに同座しているが、同書の「法楽俳諧之連歌」において、田福は而咲堂連中の歌仙に一座しているから、初めは而咲堂練石の門人だったのであろう。練石は貞門系の俳人で、寛政元年（一七八九）八十八歳で没した。なお、明和五年十月八日に三菓社句会に参加した田梅は田福の弟で、子供のなかった田福の後継者になったらしい（乾氏前掲書）。

三菓社の句会記録である『夏より』には、今日蕪村の名句として知られる句が多く見えるが、例えば、明和五年には次のような句が見える（カッコ内の数字は月・日）。

狩衣の袖の裏這ふ蛍かな（5・6）
川狩や帰去来といふ声すなり（5・16）
青梅に眉あつめたる美人かな（5・27）
鮎くれてよらで過ぎ行く夜半の門（6・20）
温泉の底に我が足見ゆる今朝の秋（7・4）
夕露や伏見の相撲ちりぢりに（8・20）

稲妻や波もてゆへる秋津島(あきつしま)（同）
鳥羽殿(とばどの)へ五六騎いそぐ野分(のわき)かな（8・14）
楠(くす)の根をしづかにぬらす時雨(しぐれ)かな（9・27）
凩(こがらし)や覗いて逃ぐる淵の色（10・23）
変化(へんげ)すむやしき貰ふて冬籠(ご)もり（同）
宿かさぬ灯影(ほかげ)や雪の家つづき（11・14）
宿かせと刀投げ出す雪吹(ふぶき)かな（12・14）

これらの句を見ると、いわゆる蕪村調といわれる俳風が明和五年にはすでに確立していたことがわかる。これらの句はすべて題詠である。つまりあらかじめ題が与えられていて、その題によって考え出された作り事の世界だということである。蕪村調というのは作り事の美しさ、あるいは作り事の面白さを基本としている。鳥羽殿の句のように、軍記物の一場面から発想されたものだけが作り事ではなくて、楠の根の句のような叙景的な句もやはり作り事であり、その間に句作上の違いは全くない。与えられた題によって、ある時は古典の世界を借り、ある時は日常的な世界を取り込んでいるが、いずれにしても蕪村の句は想像力が生み出した架空の世界である。

蕪村についてよく季題趣味ということがいわれるが、題詠である以上これは当然のことである。題詠には季題が用いられることが圧倒的に多いが、季題を詠む場合、その季題の情趣を最大限に生かすような状況設定を、蕪村は頭の中で作り上げているのである。したがって、出来上がった句の中で季題の情趣が大きな働きをなしている。

籠居の詩人

芭蕉は「東海道の一筋も知らぬ人風雅（俳諧）におぼつかなし」（『三冊子』）と述べている。旅は日常生活を離れて様々な人生や風景に接する重要な機会であり、芭蕉が旅を重んじたことは周知の通りである。しかし蕪村はこんなことは一言もいっていない。門人の召波から俳諧の要諦を問われて、彼が教えたのは詩を読むことであった。蕪村は、「三日、翁（芭蕉）の句を唱へざれば、口、むばら（いばら）を生ずべし」（『芭蕉翁付合集』序文）というほど芭蕉に心酔したが、芭蕉の生き方にならおうとはしなかった。彼は芭蕉とはまったく違う生き方の中から、独自の豊麗な世界を作り上げたのである。芭蕉を旅の詩人というならば、蕪村は、芳賀徹氏のいう通り、正に「籠り居の詩人」であった（『与謝蕪村の小さな世界』）。

『鬼貫句選』

明和六年（一七六九）に『鬼貫句選』（太祇編）が出版され蕪村が跋文を書いた。この中で其角・嵐雪・素堂・去来・鬼貫を挙げて五子と称し、「五子の風韻を知らざるものには、ともに俳諧を語るべからず」と述べている。蕪村の好みがこの言葉に端的に表れているが、中でも蕪村は其角をもっとも敬慕した。続いて同年に、嘯山・随古・太祇の三吟歌仙二十巻を収めた『平安二十歌仙』が出版され、蕪村は序文を書いた。随古は宋阿の門人で三菓社句会にも顔を見せている。

『夏より』によると、その後明和六年十月までに、烏西・琴堂・帰厚・五雲（太祇門人）・湘南・蛾眉（復帰）・図大・随古・俵雨・鷺喬・夢羊などが加わっている。蕪村を中心とする三菓社は、単なる同好会の域を超えて俳諧結社の様相を呈するに至っており、蕪村が俳諧宗匠として立つ基盤は次第にととのってきていたのである。

第三　夜半亭時代

一　夜半亭蕪村

夜半亭継承

明和七年（一七七〇）三月、蕪村は夜半亭二世を襲名し、俳諧宗匠の仲間入りをした。明和七年三月二十二日付の召波宛の手紙で、蕪村は「愚老ひろめの事も、滞りなく相済み候間、御安心下さるべく候」と報告している。「ひろめの事」とは前に述べた文台開き（ぶんだいびらき）のことで、宗匠になったことを世間に知らせる儀式である。江戸では大勢の宗匠連中を料亭などに招待して、万句と称する句会を盛大に興行するのが普通だったようだが、京都のことはよくわからない。とにかく、俳諧を職業とするつもりのない蕪村の場合、派手な文台開きをしたとは考えられない。

花守（はなもり）の身は弓矢なき案山子（かかし）かな

という蕪村の発句は、文台開きの席で披露されたものであろう。新米点者（てんじゃ）（俳諧宗匠）である自分を、弓矢を持たない案山子にたとえたのである。宋阿の没後二十八年にして、夜半亭が京都において蘇ったのである。なお、『続一夜松後集』（几董編、天明6）には、右の花守の句に「明和八年辛卯春三月、京師に夜半亭を移して文台をひらく日」という几董の前書きがあるが、「明和八年」は几董の記憶違いであろう。

蕪村が夜半亭を継ぐにあたって一つの条件を出したことが、『続一夜松後集』の重厚の序文に記されているが、その条件とは次の通りである。

> 村（蕪村）いへらく、余が師（宋阿）の俳諧を前に継ぐる几圭が男几董、我が門に在りて永く先師の教えを守らば、勧めに応ずべしと。

宋阿の俳諧の継承者である几圭の息子几董が、自分（蕪村）の門人となり後に夜半亭を継承するならば、自分が夜半亭を継いでもいい、というのである。

しかしこのことが記されているのは、蕪村没後に几董が編集した『続一夜松後集』の序文だけであり、これを額面通り受け取っていいかどうか問題である。序文を書いたのは、蕪村とは師弟関係のない他門の重厚（蝶夢門）であり、彼が蕪村の夜半亭継承のいきさつなど知るはずがない。右の話の出どころは几董であろうが、自分が夜半亭の正当な継承者であることを世に知らせるために、几董が重厚にこの序文を書かせた可能性が高い。

　几圭が宋阿の継承者であったという言い方もおかしい。京都における宋阿の後継者は宋屋である。宋屋は、『西の奥』（一周忌）、『手向の墨』（三回忌）、『結び水』（七回忌）、『明の蓮』（十三回忌）、『戴恩謝』（十七回忌）と、節目ごとに師宋阿の追善集を出版しているが、几圭には一冊の追善集もない。追善集を出している方が師の後継者であることはいうまでもない。藤田真一氏のいう通り、几圭が宋阿の後継者であったという話は、本来なかったとみて誤るまい（「几圭の没年」『会報大阪俳文学研究会』26）。

　蕪村の没後、几董は江戸へ行き、大島蓼太の後援を得て夜半亭三世を襲名しているが、蕪村生前から几董が後継者に決まっていれば、こんな面倒な手続きは不要である。とにかく几董の夜半亭襲名には複雑な事情があり、彼には夜半亭三世を名乗る正当な理由が必要だったのであろう。

几董の問題

　蕪村が几董の才能を高く評価していたことは周知の事実であり、彼が夜半亭三世を継ぐことに蕪村は何の異存もなかったであろう。ただ、几董が自分の後継者になることを条件にして、蕪村が夜半亭を継承したという従来の定説は、間違っていると思う。

　几圭は高井氏、初め金春流の太鼓を打っていたが、後にこれを廃して宋阿に入門し俳諧師となった（『翁草』巻百六）。宝暦十二年（一七六二）没、年七十四（藤田氏前掲稿）。
几董は几圭の次男（『はなしあいて』下）で、明和七年（一七七〇）七月一日に初めて三菓社句会に姿を見せている。几董はこの時三十歳である。おそらくこの時蕪村に入門したのであろうが、以後蕪村の片腕として夜半亭の経営に力を尽くした。蕪村にとっては、「どふみても我が家の几董ほどの才子はなきものにて候」（霞夫・乙総宛、安永4・閏12・11）というほどの自慢の弟子であった。寛政元年（一七八九）没、年四十九。

夜半亭の継承以後、当然蕪村は夜半亭を称することが多くなる。夜半亭は蕪村を盟主とする俳諧結社の名称であると同時に、画室の名称でもあり、また住まいの名称でもあった。「夜半」「夜半翁」という形で俳号としても用いている。以後蕪村の絵や文章に夜半亭の文字が頻出するようになるが、三菓という号を捨ててしまったわけではなく、夜半亭を継承した後も三菓軒・三菓堂・三菓居士などと、画作においては三菓の号が散見する。

夜半亭継承以後も三菓社句会はなお続いており、明和七年七月一日の句会に初めて几董・馬南（後の大魯）・嘯山が顔を見せた。

大魯は阿波徳島藩士であったが、大坂勤番中に脱藩して遊女と駆け落ちをしたというエピソードがある。性格的には問題の多い人物だが、文学的な才能には恵まれており蕪村門下では特異な存在であった。もとは宋屋門の文誰の門人で、『俳諧家譜拾遺集』の「今時点業六十有余家」の中に、蕪村より前に名前が記されているから、蕪村が夜半亭を継承する以前にすでに俳諧宗匠（点者）になっていたと思われるが、なぜか改めて蕪村に入門したのである。蕪村門十哲の一人である。

嘯山は、この日とこれに続く八月一日・九月一日の三回しか三菓社の句会には出席していない。この三回はいずれも江戸から上京した泰里（二世存義）が主催したもので、嘯山は泰里に対する義理合いで出席したのであろう。泰里は前年十月に上京し、この年十月までの一年間在京している。この間に『五畳敷』（明和六年十二月奥書）を刊行したが、その序文を嘯山が書いた。

『夏より』に記された句会は合計四十回、明和三年（一七六六）六月に始まり、一時中断した後、明和五年五月に再開して明和七年九月二十六日で終わる。こうした句会記録が残されたため、讃岐から帰った後の蕪村の俳諧活動が詳細に知られるようになり、明和五年以後は作品の数も多く残っている。だが画作においては、讃岐から帰った明和五年四月から明和七年に至る約一年半、活躍の状況はよく分からない。

清水氏の「蕪村画作年譜」には、

春秋山水図（明和五年六月、三菓軒での作）

定盛法師像（明和六年作、賛文あり）

の二作が記載されているが、いずれも画集類で見たことはない。同氏の「与謝蕪村年譜」（『与謝蕪村の鑑賞と批評』）によると、「春秋山水図」は絹本で六曲屏風一双の大作である。

帰京後の画作

帰京後蕪村の画業が活発になるのは、明和七年からである。本格的な画作のみについていえば、明和七年中に次のような作品を遺している。

六祖図（絹本着色、「明和庚寅春二月写ス　謝春星」）

名士言行図屏風（絹本着色、六曲一双、「東成謝春星、夜半亭ニ於イテ写ス、並ビニ書ス　明和庚寅夏六月、東成謝春星図ス、且ツ書ス」）

酔李白図（絹本着色、「甲寅秋、平山ニ倣フ　謝春星」）

黄石公・王猛図（絹本着色、双幅、「明和庚寅秋八月、夜半亭中ニ於イテ写ス　謝春星」）

「名士言行図」は右隻・左隻ともに蕪村の漢文の賛が記されている（賛文は陽城と胡瑗の人となりを記すが、いずれも出典不明）。年次の判明する絵では、款記に「夜半亭」と記されたのはこれが最初である。「酔李白図」の款記の「甲寅」は「庚寅」の誤記であろう。

右の四点の絵はすべて中国の歴史上の人物を描いた人物画である。それもすべて画風が異なっており、酔った李白を前後の人物が支えるやや洒脱な「酔李白図」と、精密で謹直な「名士言行図」を比べると、その画風の振幅の度合いの大きさに驚かざるをえない。

張平山

「酔李白図」の款記に記されている「平山」は、中国明代の画家張平山である。彼は『芥子園画伝』では「邪魔（邪悪な魔）」と呼ばれ、決して学んではならない画家の一人に挙げられているが、蕪村にはこのほかに張平山に倣ったことを記した絵が数点ある。後に日本における文人画の大成者と目されるようになる蕪村が、文人画において「邪魔」と称されるような人物の画風を摂取しているのである。

銀閣寺の襖絵

この頃蕪村は慈照寺（銀閣寺）の襖絵を描いた。「棕櫚に鴉図」（方丈）十三面、「飲中八仙図」（室中の間）十二面、「山水図」（上関奥の間）十四面と、合計で三部屋三十九面の襖絵を描いているから、蕪村の生涯における最大の画業である。しかし、画集などにこの襖絵を収めたものはない。落款は「謝春星」、印章は「長庚・春星」の連印だが、この連印は普段蕪村が用いるものと異なっているという（日本美術絵画全集『与謝蕪村』解説）。

明和八年（一七七一）一月『誹諧家譜拾遺集』（十口編）が出版されて、蕪村は早速俳諧宗匠として登録された。彼の記事は次の通りである。

蕪村　与謝氏、当春点列ニ加エラレシ由、未ダ告ゲ来ラズト雖モ、風聞ニ任セテコレヲ記ス。

寓舎　室町通綾小路下町

「点列ニ加エラレシ」とは点者の列に加えられたということである。当時俳諧宗匠は一般に点者と呼ばれた。点とは作品を批判評価し、また添削をすることをいう。編者十口によれば、初めて点者となった者は「名紙」を携えて先輩の同業者を回るのが通常の儀礼であったが、近頃は報告に来ない者もいると述べている。蕪村も各宗匠へ挨拶回りなどはしなかったのであろう。それで十口は風聞に任せて蕪村を点者として記載したのである。

巻末に「今時点業六十有余家」として、古参から新参にいたる京都の点者六十六人を列記しているが、蕪村の名は終わりから三番目に記されており、門人馬南（大魯）よりも下位である。年は五十六歳という高齢であったが、点者としては成り立てのほやほやであったから、この位置は当然である。

点印

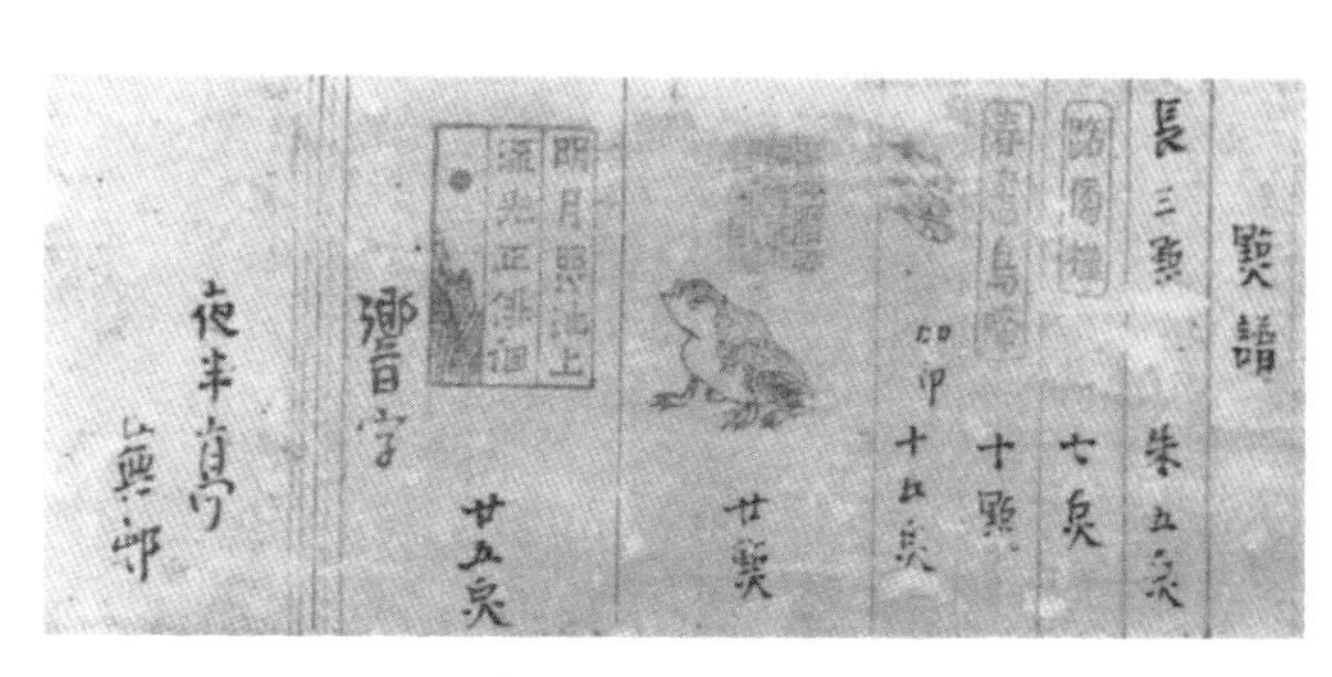

蕪村点譜（柿衛文庫蔵）

同書の住所の表記には「住居」と「寓舎」の二通りあるが、「住居」の方は自分で所有している住宅であり、「寓舎」は借家である。蕪村は室町通綾小路下ル町の借家に住んでいたのである。明和五年の『平安人物志』に、住所が「四条烏丸東へ入る町」と記されていたから、その後引っ越したのである。

点者になると点印を作るのが当時の慣習である。点印とは評点を示す印で、数種の印を点数により使い分ける。蕪村の点印は次の通りである。

路傍菫（ろぼうのすみれ）　七点
春尽鳥啼（はるつきてとりなく）　十点
春草没人処蛙飛聞水音（しゅんそうひとをぼっするところかわずとんですいおんをきく）　二十点
明月照池上流光正徘徊（めいげつちじょうをてらしりゅうこうまさにはいかいす）　二十五点

印文はすべて芭蕉の句にちなむもので、それぞれ「道のべの木槿（むくげ）は馬にくはれけり」「行く春や鳥啼（な）き魚の目は泪」「古池や蛙飛び込む水の音」「名月や池をめぐりて夜もすがら」という句に基づいている。なお、「明月照池上」という文言は、『玉台新詠集』に収める曹植作「雑詩五首」の最初の詩の冒頭の一句、「明月照高楼」(明月高楼ヲ照ラス)の「高楼」を、芭蕉の句に合わせて「池上」に変えたものである。このほかに魚を三匹彫った印(右の「行く春や」の句にちなむ)があり、これがあると十五点プラスされる。なお、「唐崎松朧於花」という印も用いているが点数は不明である。この印文も芭蕉の句「辛崎の松は花より朧にて」によっている。

普通、点者の生活は点料(採点・添削料)によって支えられているが、蕪村は絵を職業としたから、俳諧の点料に頼る必要がなかった。彼も求められれば点をしたが、俳諧を趣味として楽しむ姿勢は一貫して変わらなかった。蕪村は、点者でありながら俳諧を趣味とする異色の俳人であった。

歳旦帳の刊行

明和八年春、夜半亭一門の歳旦帳が出版された。寛保四年(一七四四)に歳旦帳を出版して以来、蕪村にとっては二十七年ぶりの歳旦帳の発行であった。夜半亭一門の歳旦帳は必ず蕪村自身が編集し、板下(板木に彫るための原稿)も自分で書いた。上方都市系俳壇の歳旦帳では、冒頭に歳旦の三つ物を三組掲げるのが通常の形式であり(田中道雄「『明和辛卯春』から『初懐紙』へ」『芭蕉・蕪村・一茶』)、明和八年の夜半亭の歳旦帳もこの形式を踏襲している。三つ物とは、発句・脇・第三の三句だけの連句をいうが、この年の夜半亭歳旦帳の巻頭の三つ物は次の通りである。

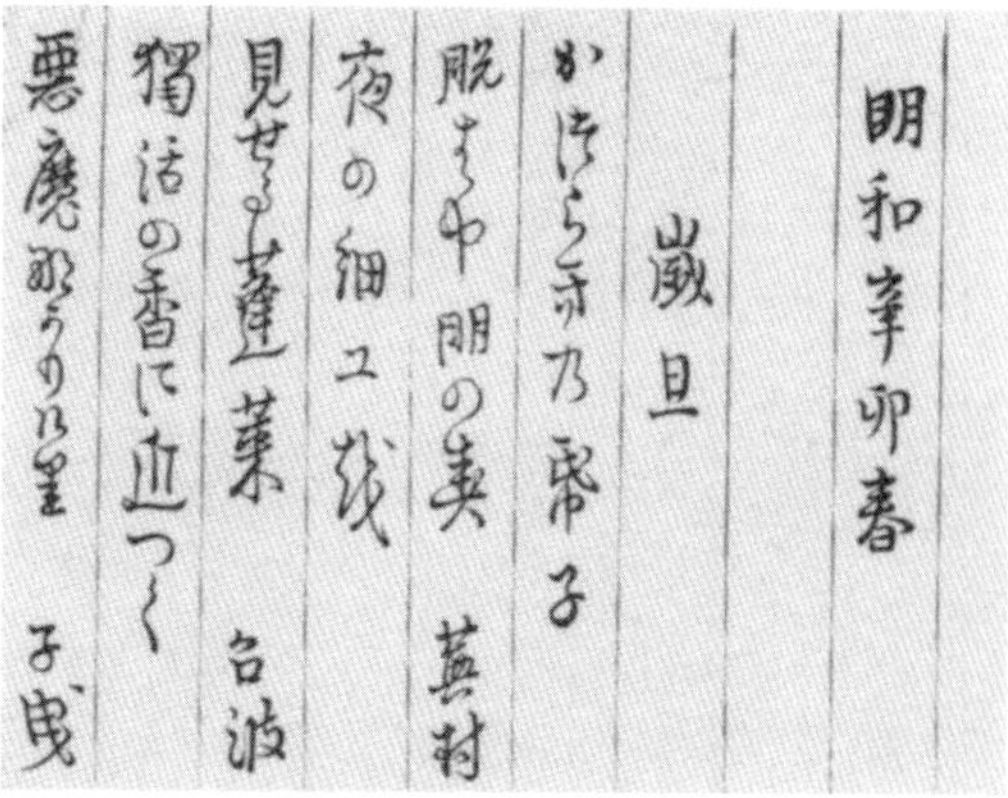

『明和辛卯春』巻頭部分

歳旦

かづらぎの紙子脱がばや明けの春　蕪村
　夜の細工を見せる蓬萊　召波
独活の香に近づく悪魔なかりけり　子曳

今日この歳旦帳は「明和辛卯春」と称されているが、本書が発見された時すでに表紙がなく、もとの書名が分からない状態になっていた。それで本文冒頭に記された「明和辛卯春」を書名としたのだが、本来は「明和八年夜半亭歳旦帳」と呼ぶべきものである。歳旦帳には凝った装丁のものが多いが、この年の蕪村の歳旦帳も、一行ごとに緑墨で罫線を入れた瀟洒で美しい造本である。蕪村の作った本はいずれもセンスの行き届いたものばかりだが、画家らしく目で見た時の美しさを十分考慮して本を作っているのである。

元の形は紙数十四枚（二十八頁）だが、現存本はこのうち四枚を欠く。現存本の範囲でいえば、入集者は71人、内わけは京都41人、伏見4人、大坂3人、福原6人、兵庫1人、江戸12人、不明1人である。このうち、『夏より』句会のメンバーであった二十人足らずの人々と、その後に入門した子曳や晋才など二、三の人を加えた合計二十人ほどが、当時の夜半亭一門の全メンバーであり、他は蕪村の俳友と称すべき人々であった。

当然のことながら蕪村の俳友は京都に集中しているが、京都以外では江戸に多くの俳友があった。江戸からは存義・買明・楼川など、蕪村が京都に移住する前に交際のあった江戸座の俳人が句を送ってくれているが、これら江戸座の俳人との交流は蕪村の晩年まで続いている。

桔梗屋呑獅

この中のやや異色の顔触れについて少し述べておきたい。京都の俳友の中に、島原の女郎屋桔梗屋の主人呑獅や、揚屋を営む角屋の主人徳野の名が見える。彼らは太祇の門人だが、後には蕪村の後援者として重要な位置を占めるようになる。呑獅は蕪村の絵を多く所持していたらしく、上田秋成が、「蕪村が絵は、あたい今にては高間の山のさく

角屋「檜垣の間」北面（財団法人角屋保存会提供）

ら花、俳諧師が信じて、島原の桔梗屋の亭主（呑獅）が、たんと描いてもろうて、廓中（島原の遊廓）の財宝も価が今は千金」（『膽大小心録』）と皮肉な調子で書いている。徳野が所蔵していた蕪村の絵は『島原角屋俳諧資料』に収録されている。俳諧を通じて蕪村と親交を結んだ裕福な町人が、蕪村の絵のパトロンになったのである。

彼ら妓楼の主人がいかに贅沢な暮らしをしていたかは、神沢杜口の『翁草』に記された、「島原の呑獅」（巻百五十五）を一読すれば明らかである。病気で先斗町の貸座敷で養生していた頃の、呑獅の贅を尽くした暮らしぶりを述べた後、杜口は次のようなエピソードを付け加えている。

ある時呑獅がいうには、目川（近江国栗太郡の目川。古くから田楽が名物であった）の豆腐は格別だということだが、それを京都で食うのは面白くない。これを目川で食いたいものだ、と。たかが豆腐を食うのにはるばる出掛けるのもばからしいと、回りの者が諫めたが、呑獅曰く、だからこそ一興なのだ。たかが豆腐を食うために千里を遠しとせず出掛けるのが風流なのだ、と。そこで駕籠を七、八挺仕立てて翌日目川まで行って豆腐を食った。

このことに対して杜口は「道中往来の費用いくばくぞや」と記し、このような豪気な気性だからこそ、妓楼のような派手な商売が勤まるのだと結んでいる。

年次不明の九湖・几董宛の手紙に、蕪村は呑獅主催の茶番興行に上客として招かれたことを記している。茶番は茶番狂言のことで、「その場にある、ありふれたものを材料として、身振り手振り口上などでおどけたことをする滑稽寸劇」（『日本国語大辞典』）だが、呑獅の主催であれば金に糸目を付けない趣向が凝らされ、茶番の後には豪勢な料理が準備されていたとみてよかろう。当時の蕪村の生活の一面には、このような人物との交際があったのである。

歌舞伎役者

歌舞伎役者の名前が見えることも、蕪村の歳旦帳の特徴の一つだが、本書にも大坂の鯉長（中村粂太郎）、江戸の梅幸（尾上菊五郎）、雷子（二世嵐三五郎）、慶子（中村富十郎）の句が入集する。蕪村が梅幸の大ファンであったことは、几董が「故夜半亭翁（蕪村）は、になく梅幸を愛せられし」（『梅幸集』、天明4）と書いていることから明らかである。明和五年（一七六八）十一月四日の三菓社句会における蕪村の「顔見せ」句文の中に、夜暗いうちから社中の若い連中を誘い合わせて、梅幸の顔見せ興行を見に行く情景が描かれている（梅幸は明和三年から六年まで在京）。この句文の中で蕪村は「梅幸は優伎（役者）の英雄なり」と記しているから、このころすでに梅幸ファンであったことがわかるが、単に一ファンであっただけではなく、梅幸とは親しく交わる機会があったのであろう。蕪村の周囲には役者付き合いの好きな太祇や、役者評判記の板元として知られる自笑、あるいは島原で女郎屋を営む呑獅や揚屋の主人徳野のような人がいたから、役者と接する機会も多かったのであろう。

なお、自分が編集した歳旦帳を蕪村は「春帖」と呼ぶことが多い。これにならって蕪村の歳旦帳を春帖、あるいは春興帳と称する人が近年多くなってきている。蕪村の歳旦帳には歳旦句以外の春の句を収録しているので、こうした呼称が一般的になってきているのであろうが、本稿では、歳旦・歳暮の句を収め春に刊行されたものであれば、たとえ歳旦以外の春の句を収録していても、歳旦帳と呼ぶことにする。これに対して、歳暮の句を収めず春の句のみのものを春興帳と称することにしたい。

三菓社句会は明和七年九月二十六日をもって打ち切られ、蕪村の夜半亭継承にともない、同年十月から夜半亭句会が始まった。この句会は明和八年六月以後は知恩院の塔頭の一つである高徳院で行われたので、高徳院発句会と呼ばれて同年十一月まで続いた。

二　蕪村と大雅

明和八年（一七七一）四月八日に百池（この時は百雉と号す）が初めて句会に参加した。この時二十四歳である。百池は京都の人で寺村氏、蕪村のパトロンとして知られている。通称は堺屋三右衛門、後に助右衛門。糸物問屋を営む商人で、家業に精励して巨富を積んだという（『日本古典文学大辞典』「百池」）。明治二十八年に刊行された『京都土産』所収の、「京都持丸長者鑑」という金持ち番付に、百池の後裔の寺村助右衛門は東の第五番目に

十便十宜図

宜春図（『十便十宜画冊』のうち。川端康成記念会蔵）

ランクされているが、この寺村家の財力の基礎は百池の代に築かれたのであろう。天保六年（一八三五）没、年八十七。

明和八年八月に国宝の「十便十宜画冊」が作られた。周知の通り池大雅との合作で、「十便図」を大雅、「十宜図」を蕪村が描いている。蕪村は五十六歳、大雅は四十九歳であった。

「十宜図」に用いられた落款は謝春星・春星の二種、印章は潑墨生痕・三菓居士・長庚・春星・趙・大居・東成・春星氏の八種である。長庚・春星は、これ以後多用される連印（ペアで用いる印）である。この連印が用いられたのは、年次の判明する絵ではこれが最初であろう。

十便・十宜は、それぞれ李笠翁の「伊園十便詩」と「伊園十二宜詩」（『李笠翁一家言』）に基づいているが、「伊園十二宜詩」は二首が失われて十首しか伝わっていないから、実際は「十宜詩」である。李笠翁は明末清初の文人で、文人画のテキストとして有名な『芥子園画伝』を刊行した人物だが（ただし彼が刊行したのは初集のみ）、柳沢淇園の『ひとりね』に「李笠翁の芥子園画伝」と書かれ、『文会雑記』に「笠翁画伝」と見えるから、江戸時代には『芥子園画伝』は李笠翁の著作と考えられていたのかもしれない。

伊園は李笠翁が山麓に営んだ別荘の名だが、人里を離れた山荘暮らしの良さを、彼は十便十宜の二十首の詩に詠んだ。これをもとにして二十枚の絵が作られており、各絵にそれぞれ該当する詩が賛として記されている。この賛も十便図は大雅、十宜図は蕪村が記している。したがって本来この画冊は絵と書を鑑賞するように作られているのだが、十便・十宜のいずれも書の方は評価の対象として論じられたことはほとんどない。

書家大雅

明和五年の『平安人物志』に大雅は「書家」の部にも登録されており、当時は書家としても知られていた。むしろ「大雅は少年期の終りには書で一家をなしていて、終生これで生計をたてていたとみて間違いない」（山内長三『日本南画史』）という意見もあるくらいである。書と絵と両方の技量が求められるこの画冊のような仕事は大雅には打ってつけであった。二十枚全てを大雅に依頼すればよさそうだが、大雅と蕪村が半分ずつ担当することになったのは、この頃すでに文人画の双璧として、大雅と蕪村を併称する風潮があったことをうかがわせる。蕪村の書については、今日でも高く評価する人もいるが、書を本業とする大雅と競作では、蕪村の方がやや分が悪かったといわねばなるまい。なお、『平安人物志』では常に書家の方が前に記されているから、当時は画家よりも書家の方が格が上だと考えられていたのであろう。

下郷学海

この画冊は現在川端康成記念館に所蔵されているが、もとは下郷学海の所有であった。下郷家は鳴海（名古屋市緑区）の素封家で、屋号を千代倉と称した。おそらくこれは学海の注文で作られたのであろう。石田元季氏の『俳文学考説』に、「彼（学海）は大雅堂に学び、また（市川）鶴鳴の指導を得て、詩文書画に遊び、なほ歌俳をも好んで、一時また業を建涼袋（建部綾足）に問うた」とあるから、和漢にわたる幅広い知識を身に付けた教養人であったことがわかる。千代倉家の歴史に詳しい森川昭氏の御教示によると、若い時に京都で大雅に書を学び、大雅そっくりの字を書く人だという。彼は下郷家の六代目だが、二代目が芭蕉の門人として有名な知足（ちそく）（当時は下里（しもざと）を称した）である。

大雅と蕪村の評価については、田能村竹田（たのむらちくでん）の「大雅ハ正ニシテ譎（けつ）ナラズ、春星ハ譎ニシテ正ナラズ。然レドモ均（ひと）シク一代覇（は）ヲ作（な）スノ好敵手」（『山中人饒舌（じょうぜつ）』）という言葉が有名である。「正」というのは正統的、「譎」というのは正統から外れているということであろう。「一代覇ヲ作スノ好敵手」とあるから、この「正」「譎」というのは優劣を述べたものではなく、それぞれの画風の違いを述べたと解すべきであろう。つまり、文人画の正統的な画風を守っているのが大雅の特徴であり、それから外れた独自の画風を作り出しているのが蕪村の特徴である、ということになる。『画道金剛杵（こんごうしょ）』で中林竹洞（ちくどう）は、蕪村の絵は俳味のあるのが欠点だと述べているが、この俳味を竹田は「譎」といったのであろうか。

これ以後も蕪村と大雅との交流は続いており、安永三年（一七七四）、同四年の夜半亭歳旦帳に大雅の句が見える。安永元年・安永二年の夜半亭歳旦帳にも大雅の句があるのではないかと思うが、この二年分の歳旦帳は発見されていない。安永五年刊の『続明烏（ぞくあけがらす）』

にも大雅の句が一句見える。このほか二人の交流を示す資料として、大雅の海辺の絵に、蕪村が「春の海終日のたりのたりかな」という自句を賛としたもの（『上方俳聖遺芳』）、蕪村の「桃市柳村図」に無名（大雅の別号）が「遮楼楊柳又遮亭云々」の七言絶句を賛としたもの（『日本画大成』「南宗派」）の二点の画賛が知られている。前者の箱書きには、百池が大雅に絵を描いてもらって、帰途に蕪村宅に寄ったところ、蕪村がその場で「春の海」の句を書いてくれたと記されている（尾形仂「蕪村三題」『芭蕉・蕪村』）。こうした資料は残っているが、二人が不断親密な交際をしていたとは考えられない。

大雅だけではなく、蕪村は同業者（絵師）と親しく付き合った様子がない。その中で円山応挙とは比較的親しく交際したらしい。富永楼に応挙を誘い、小雛・小里などという芸妓を侍らせて、蕪村・金篁・里暁・我則というメンバーで小宴を催したこともある。富永楼は蕪村愛用の茶屋（料亭）で、この女主人の名を雪といった。明和五年の『平安人物志』に、蕪村の住所は四条烏丸東へ入町、応挙の住所は四条麸屋町東へ入町と記されているが、この間は歩いて七〜八分の距離だというから、こうした関係で、蕪村は応挙と親しくなったのかもしれない。二人の関係については、佐々木丞平氏の「応挙と蕪村の交友」（『京都大学文学部美学美術史学研究室研究紀要9』）に詳しい。

三　知友の死

太祇の死

明和八年（一七七一）八月九日、三菓社句会発足以来の盟友である太祇（たいぎ）が六十三歳で没した。彼は明和七年十月一日に始まった高徳院発句会にも参加し、蕪村とはずっと句会で腕を競い合ってきた良き俳友であった。『太祇句選』の序文で蕪村は、

　（太祇は）仏を拝むにも発句を作り、神にぬかづくにも発句を作った。その句稿を積み重ねるとまことにおびただしく、立っている人の肩に届くほどであった。

と記している。太祇にとって、俳諧は仕事でもあり趣味でもあったのである。

柳風呂

友人の杜口（とこう）が「常に酩酊（めいてい）す」と書いているように（『翁草』巻百六）、太祇は酒好きであり蕪村のよき遊び相手でもあった。『蕪村句集』に、

　一条もどり橋のもとに柳風呂（やなぎぶろ）といふ娼家（しょうか）有り。ある夜太祇とともにこの楼にのぼりて

　羽織着て綱もきく夜や河ちどり

という作があり、俳諧を離れた二人の交際の別の一面がうかがえる。句の前書きに「娼

家」とある通り、柳風呂は京都の岡場所（私娼窟）であり、綱は遊女の名である。蕪村にはほかに「春雨や綱が袂に小提灯」という句もあるから、綱は蕪村の馴染みの遊女であったとみて間違いあるまい。太祇は独身であったが、当時の蕪村には若い妻があった。それでいてこういう遊びをしているのは褒められた行為ではないが、こうしたことを隠そうとはしなかったところに、物にこだわらない蕪村の磊落な性格をみることができる。しかし、その蕪村にして、自分の出生についてはついに沈黙を守り通したのである。

鶴英の死

この秋伏見の鶴英が死去した。明和五年（一七六八）六月に三菓社句会に参加して以来約四年間、彼は蕪村の社中にあった。伏見に住んでいたこともあって句会への参加は多くはないが、伏見に夜半亭の一つの拠点ができたのは、彼の活躍によるところが大きい。彼の死後、妻の柳女とその子の賀瑞（娘だという）が夜半亭一門に加わるが、「伏見にては柳女が大将にて候」（大魯宛、安永5・3・28）と蕪村のいう通り、鶴英亡き後、柳女は伏見の夜半亭一門の中心人物として活躍した。

「おもふに、この秋や太祇去り、鶴英うせぬ。かの輩は世にいと名高く、常に九回の腸に苦しみ（句作に苦心したことをいう）、さは天年にいとはれけるなるべし」（「蓑虫説」）と、

召波の死

太祇や鶴英の死を嘆いた蕪村であったが、同じ年の十二月七日に、右腕とも頼んだ召波

の死に直面しなければならなかった。召波は四十五歳であった。几董の『新雑談集』に、

初老の頃より家を辞し（隠居したことをいう）、郊外に閑居してひたぶるに俳諧を楽しび、酒盃を弄し、座上客常に満ちて、春の日の暮るるも秋の夜の明くるもしらざるがごとし。

と記されているように、召波は四十歳頃には家業を子供（維駒であろう）に譲り、風月を友として晩年を等持院近くの寓居で過ごした。「平安にめづらしき高邁の風流家」（綛屋清三郎宛、安永7・2・28）という蕪村の言葉から、召波の人柄がしのばれる。

召波は、三菓社句会の第一回目から参加している蕪村の最も古い門人であり、夜半亭一門の中心人物であった。彼の七回忌に出版された『春泥句集』（春泥は召波の別号）の序で蕪村は当時の悲しみを、

おしむべし、一旦病にふして起つことあたはず。形容日々にかじけ、湯薬ほどこすべからず。あらかじめ終焉の期をさし、余を招きて手を握りて曰く、恨むらくは叟（蕪村を指す）とともに流行を同じくせざることを、と。言ひ終りて涙潸然として泉下に帰しぬ。余三たび泣きて曰く、我が俳諧西せり。我が俳諧西せり。

と述べている。「西せり」とは西方極楽浄土へ行くこと、つまり死ぬことである。「我が

離俗論

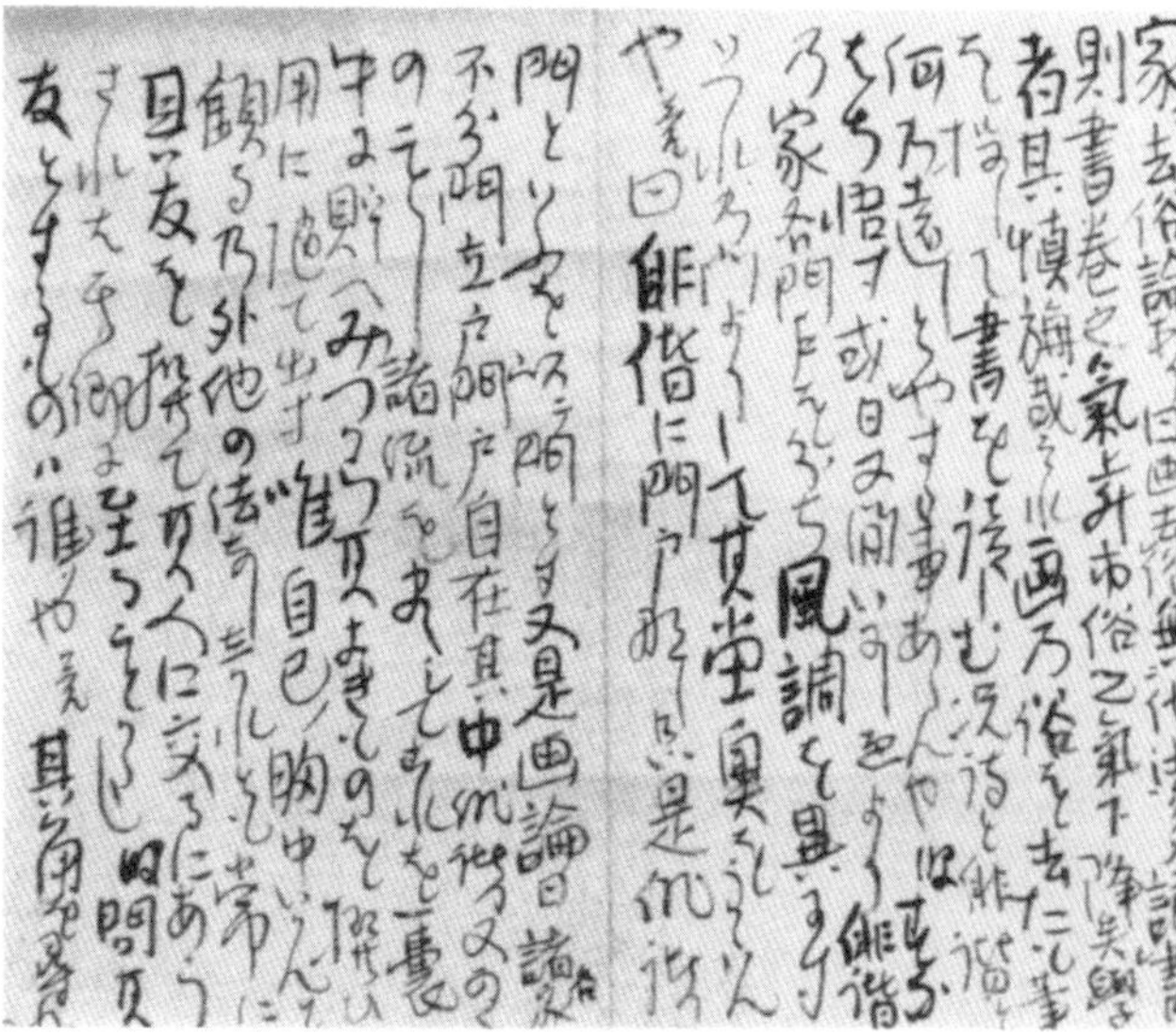

『春泥句集』序草稿（部分。今治市河野信一記念文化館蔵）

俳諧西せり」とは、召波の死とともに自分（蕪村）の俳諧も死んだというのである。高砂（たかさご）の布舟（ふしゅう）に宛てた手紙でも召波について、「京師（けいし）にはめづらしき作者にてこれあり候処、今は故人にて愚老半臂（はんぴ）を殺（そが）れ候心地に候」（安永7・1・16）と記している。「半臂を殺れ候心地」とは片腕をもがれた思いだというのであろう。

『春泥句集』の序文は蕪村の離俗論として有名である。召波が俳諧の要諦は何かと尋ねたところ、蕪村が、

俳諧は俗語を用いて俗を離るるを尚（たっと）ぶ。俗を離れて俗を用ゆ、離俗の法最もかたし。

と答えているので、離俗論と呼ばれている。さらに召波が俗を離れるにはどうすればよいかと問うたところ、蕪村は「詩を語るべし。子（君、召波を指す）もとより詩を能（よく）す。他にもとむべからず」と答えている。召波は元来柳宏（りゅうこう）と名乗る漢詩人であったから、蕪村は詩を引き合いに出したのだが、それだけではなく漢詩のもつ高邁な精神を学ぶことが大切だといいたかったのであろう。俗を離れよといい、詩を語るべしというところに、蕪村の俳諧の特質があるが、ただ蕪村には支考（しこう）や乙由（おつゆう）の俗調を受け入れる幅の広さがあった。

「麦林（ばくりん）（乙由）・支考、その調べ賤（いや）しといへども、巧みに人情世態を尽くす。されば、まま支（支考）・麦（麦林）の句法に倣（なら）ふも、又工案（こうあん）の一助ならざるにあらず」と蕪村は召波に説いたが、召波は、支考・麦林は俳魔だと罵って、ひたすら自分の信じる道を進んだと蕪村は右の序文に書いている。

蕪村と召波は、一通りの師弟関係を超えた親密な関係で結ばれていた。「くし貝御恵投、別して好物の品、大慶つかまつり候」（明和7・3・22）、「見事の松茸貴意に掛けられ、忝（かたじけ）なく存じ奉り候」（明和7・9・11）、「干鰒（ひふぐ）かたじけなく拝受いたし候」（明和8・5・14）などという文言から、召波が四季折々に蕪村の好物を送っていたことがわかる。

「先日御ものがたりの人形下し置かれ、忝なく小児雀躍（じゃくやく）つかまつり候」（明和7・3・22）という文言も見える。召波が蕪村の娘に人形を呉れたので、娘が大喜びをしているというのである。「先日は再々御馳走ニまかり成り、終日相たのしび大慶つかまつり候」（□・7・2）、「終日御馳走にまかり成り、おもしろくまかり帰り候」（□・7・20）などとも述べているから、蕪村はたびたび召波邸に招かれて御馳走に預かることもあったらしい。

『其雪影』挿絵（天理大学付属天理図書館蔵）

明和七年十月一

日から始まった高徳院発句会に召波は一度も欠席していない。その句会の記録は翌明和八年十一月三日で終わっている。十二月に行われなかったのは召波の病気のためであり、十二月に召波が没したため、そのまま高徳院の発句会が打ち切られたのであろう。召波の死が夜半亭一門に与えた衝撃の大きさがわかると同時に、蕪村の精神的な痛手の大きさを推測することができる。

安永元年

安永元年（一七七二、明和九年十一月十六日に安永と改元）蕪村は五十七歳になった。この年の歳旦帳は発見されていないが、『紫狐庵聯句集』によれば巻頭の三つ物は次の通りである。

神風や霞に帰るかざり藁　蕪村
　恵方にむかふ関の戸びらき　（不明）
山葵生ふ岩ほも辛くしたたりて　（子曳）

『其雪影』

この年の秋、『其雪影』が刊行された。本書は几圭十三回忌の追善集で、息子の几董が編集し、本文の板下も彼が書いた。蕪村は序文を書き、下巻冒頭二丁表に芭蕉・其角・嵐雪、その裏に巴人（宋阿）・几圭の肖像を俳画風の略画で画いている。追善集では、故人の知友の追悼句をずらりと並べるのが普通だが、本書では故人を偲ぶ発句は几董の、

亡父十三回懐旧

うづみ火の暁寒きなみだかな

というただ一句のみである。蕪村の序文に、「世の追善集つくれるには様かはりて、あながち紫雲青蓮の句をもとめず、ひとへに弄花酔月の吟を拾ふ」という通り、型破りの追善集になっている。「紫雲青蓮の句」は仏教色の強い抹香臭い句、「弄花酔月の吟」は四季の風物を詠んだ風流な句を指す。この序文の文言からもわかるように、本書は追善集を建前にしながら、実態は「弄花酔月の吟」を集めた普通の撰集であった。だからこそ、

へたへたと笑ふて下手な薺かな　壺角

古妻を圧しに置かばやひと夜鮓　竹護

のような、ふざけているとしか思えないような句も収録されているのである。前の句は七草粥の薺を刻むときに、調子っぱずれに「七草なずな唐土の鳥が」と歌いだしたので回りの者がへたへたと（つまり、げらげらと）笑い出した情景である。「へた」と「下手」が語呂合わせになっていることはいうまでもない。後の句は古女房の巨大な尻を重しにすれば、一夜鮓がよく漬かるだろうというのである。この当時の鮓は熟鮓で、魚肉を飯とまぜて漬けこみ、飯の方を洗い落として魚肉を食べるのである。

歳旦帳を除けば、これが夜半亭一門の最初の撰集だから、蕪村七部集の第一集に選ばれたのは当然である。蕪村七部集とは、『其雪影』『明烏（あけがらす）』『一夜（いちや）四歌仙（此（この）ほとり）』『花鳥篇』『続一夜四歌仙』『桃李（ももすもも）』『続明烏』『五車反古（ほうぐ）』の八部をいい、文化六年（一八〇九）京都の本屋菊屋太兵衛等によって刊行された。七部集が八部になったのは、合本の『花鳥篇』と『一夜四歌仙』を一部の書と勘違いし、かつ、蕪村とは関係のない『続一夜四歌仙』を蕪村編集の『花鳥篇』と誤って入れたためである。このように選定からして杜（ず）撰（さん）であり、本文にも誤りが多いが、広く読まれて版を重ねた。

『其雪影』は几圭の追善集を建前とするが、実質的には夜半亭一門の撰集であり、蕪村の全面的なバックアップがあったことは明らかである。几圭追善集ならば几董のプライヴェートな撰集ということになるが、本書は夜半亭一門の撰集という色合いが強かったから、編者几董は夜半亭一門の中で一躍クローズアップされることになった。蕪村はおそらく、初めからこうなることを計算していたのであろう。

几董の後ろ盾

蕪村の門人はほとんどが俳諧を趣味とする遊俳であり、こうした連中の中に家業を捨てて点者になるような物好きはいなかった。その中で大魯と几董はこれといった家業もなく、俳諧を職業とせざるをえない境遇にあった。すでに大魯は点者として独立していたから、新人の几董を何とか一人前の点者にしてやりたい、という気持ちが蕪村にあったのだろう。こうした気持ちの表れが『其雪影』の刊行であった。ただし全面的に几董を表に出しては一門の反発もある。それで、藤田真一氏のいうように、几圭の追善を建前にしたのである（「几圭の没年」『会報大阪俳文学研究会』26）。蕪村は磊落な性格であったが決して粗放ではなく、こうした用意周到な一面もあったのである。

安永元年の画業としては「四季山水図」四幅対が挙げられる。百池愛蔵の一点である。各図に漢詩の賛があり、形式的には十宜図を踏襲するものだが、左端（冬図のみ右端）に罫線を引いて賛を記したのは新しい試みである。なお冬図に用いた「謝長庚・春星氏」の連印は以後多用されるが、この印の使用例としてはこの絵がもっとも早い時期に属すると思う。

賛に用いられた漢詩は、冬図以外はすべて『聯珠詩格』に収められている。用いられた詩は次のとおりである。僧本粋作「放船」・陳億子作「西湖」・王克功作「思帰」（以上、春図）、王秋江作「聞蛙」・蘇東坡作「南園」（以上、夏図）、王秋江作「游衡岳」・盧野渉作「零隠冷泉亭」・蔡伯静作「山中偶成」（以上、秋図）。ここに挙げたものはすべて七言絶句だが、「山中偶成」の詩では、第二句目（承句）の七文字を蕪村

［「四季山水図」］

はそっくり書き落としている。蕪村らしい無頓着さといってよかろう。冬図のみは五言古詩で、銭起の「太子李舎人城東別業」という詩であることは、佐藤康宏氏が指摘している（「寺村家伝来与謝蕪村関係資料」『日本絵画史の研究』）。
『聯珠詩格』は唐・宋の詩人の七言絶句を三百二十余の格に分類した詩集で、元の于済の編集である。江戸時代には何種も和刻本が出版されるほど人気があり、芭蕉の愛読書の一つとして知られている。蕪村も愛読したらしく、彼が画賛に用いた七言絶句はほとんど本書から取られていることを、すでに清水孝之氏が指摘している（「漢詩人蕪村（下）」『俳句』昭和50・12）。

四　几董の独立

安永二年（一七七三）蕪村は五十八歳になった。この年の夜半亭歳旦帳も現在発見されていないが、『紫狐庵聯句集』によれば巻頭の三つ物は次の通りである。

錦木のまことの男門の松　　蕪村
ねよげに見ゆる三符の福はら　　（百池）

千金の夜は泥引にくれかねて　（冊魚）

句会再開

正月二十七日、百池の不蔵庵において夜半亭句会が再開された（『耳たむし』）。召波の死により、明和八年（一七七一）十一月三日の高徳院句会を最後に句会を中断していたから、約一年ぶりの再開ということになる。これ以後長期にわたる中断はなく、蕪村死没まで夜半亭句会は続いている。この日出席したのは、蕪村・几董・百池・自笑・冊魚・羅雲・五律・南雅の八人である。

几董の独立

この年几董は春夜楼という俳諧結社を結成し、独自に『初懐紙』と称する歳旦帳を出し始めた。蕪村の夜半亭と几董の春夜楼とは当然交流があったが、藤田真一氏のいう通り、基本的には別組織であったと考えるべきであろう（「几董・春夜楼の形成」『会報大阪俳文学研究会』28）。

歳旦帳を出したということは点者（職業俳人）として独立したということである。現存する几董の『初懐紙』で最も古いのは安永五年（一七七六）のものだが（木村三四吾『夜半亭初懐紙』）、彼が安永二年（一七七三）から『初懐紙』を出し始めたことは、天明七年（一七八七）の『初懐紙』に、「初懐紙をもよほす事かぞふれば十余り五とせになりぬ」と述べており、安永二年から天明七年に至る十五年分の歳旦発句を列記していることから明らかである。

『安永五年几董初懐紙』表紙

（天理大学付属天理図書館蔵）

ここに挙げられた歳旦発句は、現存する蕪村の夜半亭歳旦帳には一句も見えないから、これはすべて几董の『初懐紙』に発表された句とみて間違いない。

しかし、几董は依然として夜半亭一門に所属して、蕪村の片腕として夜半亭の運営に当たっている。当時の几董の立場は、いうなれば夜半亭の事務長兼春夜楼の社主であった。

几董の立場

こうした変則的な立場を取らざるをえなかったのは、彼の経済的事情によるものであろう。几董が貧しかったことは、彼みずから「我今家貧しく」（『几董句稿』「発句集」）と述べていることから明らかである。そうした境遇を、「野老（老人の自称、ここでは几董）なども恒の産なく風流を売りて眷属（家族）をはごくみ候身の上こそいと無念の事に候」（東皐宛几董書簡、『不二煙集』所収）と嘆いている。几董には風流を売るほかに生計を立てる方法がなかったのである。こうした事情がわかっていたからこそ、蕪村は入門して日も浅い彼を点者にしたのであろう。しかし夜半亭の運営には几董の事務的な才能が是非とも必要であり、几董が独立したからといって、夜半亭という俳諧結社を維持して行く以上、蕪村は彼を手放すことはできなかった。このような事情が几董の変則的な立場を生み出したとみてよかろう。

社中の不和

几董を押し出すに当たって蕪村は慎重な配慮をしたが、彼がにわかに頭角を表したことで、蕪村が内心危惧（きぐ）した通り社中に波紋が起こった。年次不明の几董宛の手紙に興味深い記事がある。意を取って訳せば次の通りである。

こまごましたお手紙、御厚意の趣よくわかりました。しかしまことに不可解なことです。夜半亭社中でそのような不平を抱く人はどなたでしょうか。私には見当がつきません。巴人（宋阿）などが句集を作られる際は、「未巻」（語意未詳）はすべて私に相談されましたし、巴人の独吟は一々相談いたされました。その頃は私もまだ二十五、六歳の時で、未熟ではありましたが、巴人は私を片腕のように随分頼りにして相談してくれました。まして貴君は俳諧の飲み込みもよく、京都では貴君を差し置いて他の人に俳諧の相談をする気は私にはありません。だからといって貴君が自慢していると非難するのは不当です。どのような事情なのかよく承りたいものです。私のやりかたが、社中の意向にそわないような事があるのでしたら、私にも考えがあります。

右の文面から察すると、几董から蕪村に対して、自分を重んじてくれる厚意はありがたいが、夜半亭社中にはそのことを快く思わない人もいるから、社中の和を保つために控えてくれるように、といったことを縷々いってきたらしい。それに対する返事がこの手紙である。この中で大魯が馬南と記されているから、この手紙が安永二年（一七七三）夏以前（馬南から大魯への改号は安永二年夏）に書かれたことは確実である。おそらく『其雪影』が刊行された安永元年か翌安永二年の手紙であろう。明和七年に夜半亭に参加したばかりの新参者が急に頭角を現してきたので、几董に対する社中の風当たりが強くなってきたのである。だが、このことで蕪村が几董に対する態度を変えた様子はなく、これ以後も相変わらず、蕪村は俳諧の相談事はほとんど几董一人を相手にしている。夜半亭一門において几董は別格の存在だったのである。

この一件には蕪村もよほど腹に据えかねたらしく、「何かに付き、京師の人心、日本第一の悪性にて候」と、蕪村は京都人全体に八つ当たりをしている。あまり腹が立ったので、相手の几董が京都人であることを忘れたらしい。

月渓の入門

安永二年三月七日、月渓が初めて蕪村の句会に姿を見せた（『耳たむし』）。月渓は京都の生まれで松村氏、この時二十二歳であった。彼は蕪村と同様俳諧と絵画の両方で名を知られているが、天明二年（一七八二）呉春と名乗るようになってからは、もっぱら画家として活躍し、後に四条派と呼ばれる一派を開いた。蕪村は彼の画才を高く評価し、「この児輩（月渓）、画には天授の才これあり、ついには牛耳を握るをのこと末たのもしく候」（近藤求馬・午窗宛、□・12・7）と述べている。

蕪村の手紙による限り、月渓はきわめて篤実な人物であったようだが、桔梗屋呑獅抱えの雛路という太夫を妻にしたというから（『俳画の美』）、堅い一方の男でなかったことは明らかである。京都の金座平役を勤めていた月渓に、太夫のような高級遊女を身請けするような金があったことは不思議だが、これには呑獅の粋なはからいがあったのかもしれない。

「夜半翁三句之転」

安永二年四月、「夜半翁三句之転」を夜半亭社中において催し、その序を几董が書いた（『几董句稿』「発句集」）。これは打越・前句・付句の三句における付け合いの転換を練習するために行ったもので、蕪村が優劣を判定し評を加えたものであったらしい。夜半亭社中の句会が発句中心であったので、連句の訓練も必要だと感じてこのような催しを行ったのであろう。几董の序文が残っているから、出版するつもりであったと思うが、伝本は知られていない。またその草稿も不明である。あるいはこれが、後の『芭蕉翁付合集』に発展したのかも知れない。

この夏東山の睡虎亭で大坂の大江丸（当時は旧国と号していた）の主催で句会が行われ、

萍を吹きあつめてや花むしろ

という蕪村の句を発句に歌仙一巻が作られた（『几董句稿』「発句集」）。連衆は陸奥の呑溟、仙台の丈芝（丈芝坊白居）、武蔵の西羊、一音（生国不明）のほか、蕪村・几董と主催者の大江丸である。

西羊とは宝暦十年（一七六〇）に一度会っているが、几董を除く他の四人とはこの時が初対面であったと思われる。大江丸とは会ったことがあるかも知れないが、蕪村関係の文献に彼が登場するのはこの時が初めてである。これ以後、彼は蕪村と親密な関係を結ぶことになる。

大江丸は大坂の飛脚問屋の主人で、通称を大和屋善右衛門といったが、江戸店での通称島屋佐右衛門の方が一般に知られている。俳諧は江戸の蓼太門で、軽妙洒脱な句を作った遊俳として著名である。編著に『俳懺悔』『あがたの三月よつき』『俳諧袋』などがある。文化二年（一八〇五）没、年八十四。

『俳諧袋』に、蕪村と蓼太の両吟歌仙が収められているが、これは大江丸の斡旋で文通によって作られた歌仙である。蕪村には几董と文通によって『桃李』の歌仙を巻いた例はあるが、この場合二人とも京都の住人である。京都と江戸の俳人が、文通で連句を巻いた例は蕪村・蓼太以外になかろうが、これが実現したのは、飛脚問屋の主人大江丸の発案だったからである。

『明烏』

安永二年秋、『明烏』が出版された。題名は、蕪村や几董が崇拝した其角の、「それよりして夜明け烏や子規」という句から取られた。几董が編集し、序文も几董が書き、巻頭に几董・馬南（大魯）の両吟歌仙を掲げている。この他、集中には几董門人の歌仙二巻を収録し、末尾を蕪村・几董の歌仙で締めくくっている。几董が編集したから当然のことだが、几董色が全面に出た撰集であり、夜半亭一門における几董の地位はますます強固なものになったといってよい。几董の最初の撰集である『其雪影』に序文を書き与えた蕪村が、本書に序文を書かなかったのは、点者として独立した几董を全面的に押し出すために、みずからは表に出ることを控えたのであろう。几董が安永五年（一七七六）

に刊行した『続明烏』でも、蕪村は序文を書いていない。

『明烏』に収められた蕪村の句では、

　不二(ふじ)ひとつ埋(うず)みのこして若葉かな

　牡丹散りて打ちかさなりぬ二三片

の二句は名句として知られている。

九月伊勢の樗良(ちょら)を迎え、嵐山(らんざん)（前号は竹護(ちくご)）宅において、嵐山・蕪村・几董・樗良の四人で『此(この)ほとり一夜四歌仙』が作られた。題名は巻頭の蕪村の発句から取られているが、最初の歌仙の一順のみを掲げておく。

　薄(すすき)見つ萩やなからんこのほとり　蕪村
　　風より起こる秋の夕べに　樗良
　舟たへて宿とるのみの二日月　几董
　　紀行の模様一歩一変　嵐山

この時樗良は四十五歳、すでに『我庵(わがいお)』（明和4）によって独自の作風を確立していた。ちなみに、蕪村は五十八歳、几董は三十三歳、嵐山の年齢は不明だが七十歳前後であったと推定されている（中村幸彦『此ほとり一夜四歌仙評釈』）。頴原退蔵氏は本書を、「高雅な古典趣味と豊潤な感覚美とは、四巻の中に満ち溢れて妍麗目を奪ふやうな絵物語が展開されて居る」（「蕪村」『潁原退蔵著作集』13）と高く評価した。蕪村連句の代表作といってよかろう。蕪村も自負するところがあったらしく、当時はまだ面識のなかった名古屋の暁台に本書を送って批評を乞うた。

この時暁台に宛てた手紙で蕪村は、「京師一向俳諧を知りたる人、地をはらって御座なく候」（安永2・11・13）と記している。京都に俳諧のわかる人がいないとは、京都俳壇に対する蕪村の辛辣な批評だが、裏を返せば、暁台は俳諧がわかる人物だといっているわけである。まだ面識のない暁台を、蕪村は高く買っていたのである。

暁台は当時四十二歳、名古屋俳壇の中心人物であり、前年に出版した『秋の日』によって、蕉風復興運動の急先鋒と見られていた。

紫狐庵

『此ほとり』の蕪村の序文の署名は「花洛紫狐庵蕪村」と記されている。これが紫狐庵の号が見える最初の文献だが、紫狐というのは『酉陽雑俎』に見える次の文章によるのだろう。

旧説ニ野狐ヲ紫狐ト名ヅク。夜、尾ヲ撃チテ火出ヅ。マサニ怪ヲ為サントスルトキ必ズ髑髏ヲ載セテ北斗ヲ拝ス。髑髏墜チザルトキハ、則チ化シテ人ト為ル。（巻十

五）

『几董句稿』では、紫狐庵の初見は安永二年冬、最後は安永五年三月十日である。したがって、紫狐庵の使用時期は安永二年から同五年までとみてよかろう。この号は後に伊丹の東瓦に譲られるが、その時期を岡田利兵衛氏は安永七年と推定している（『俳画の美』）。なお、『紫狐庵聯句集』には明和八年から安永四年までの夜半亭歳旦帳の一部が収録されているので、明和八年頃から紫狐庵の号が用いられていたと誤解されかねないが、この書名は後に付けられたとみるべきである。

嵐山の死

四歌仙ができて間もなく、九月二十四日に嵐山が没した。この四歌仙は病床にある嵐山を慰めるために行われたものだが、この時にはすでに相当病状が重かったのであろう。嵐山の履歴はよくわからないが、『猿利口』（嵐山編か）の中で嵐山は、富鈴（宋屋）が下野烏山に立ち寄った際は自分は城中にあったといい、また官務で相州大磯に滞留したとも述べているから、れっきとした武士であったことは疑う余地がない。おそらく烏山藩大久保家の家臣であったのであろう。同書に「我致仕して亡類の頃」とあるとおり、大久保家を辞して浪人となり晩年を京都で過ごした。俳諧は珪琳（前号は蓮之）門で竹護と号したが、京都移住後、雅因の宛在楼から見る嵐山の景観に感動し、号を嵐山と改めた。明和七年（一七七〇）六月から三菓社句会に参加し、没するまでの約四年間夜半亭社中の重要なメンバーであった。

樗良

四歌仙を機に蕪村は樗良という特異な才能をもった俳友を得たが、この二人の間に水を指そうとする人物がいたらしい。安永三年（一七七四）に出版した『甲午仲春むめの吟』において、樗良は次のような蕪村の手紙を紹介している。

> 蕪村は樗良が俳諧を嘲けり、樗良は蕪村が俳諧を笑ふと沙汰いたすよし告ぐる者これあり候。あとなき流言とは存じ候へども、か様の事より同朋（友人）の交わりをたち、風雅を害なひ候事これある物に候。

この手紙は俳壇の裏面をうかがう面白い資料だが、蕪村のこまやかな心遣いがうかがえる点で貴重である。この後に更に「貴子（貴君、樗良を指す）も我らも陰ごとを申す様に沙汰せられ候事、古人に恥ずべき事に候」という文言が記されている。陰口をいうような人間と見られることに、蕪村は堪えられなかったのである。

『俳諧新選』

安永二年に『俳諧新選』（嘯山編）が刊行され、本書における蕪村の入集句は四十六句という多数にのぼった。ちなみに愛弟子の几董は五句の入集である。嘯山の凡例によると、初め太祇と二人で企画したが、太祇が没したので嘯山が独力で完成したという。太祇も嘯山も蕪村の親友だから蕪村の句が多いのは当然だが、本書のように一門一派に限定しない撰集の中で、主要俳人として名を連ねたことは、俳人蕪村を世に知らしめる上で大きな効果があったとみてよい。『明烏』のような一門の撰集の場合、読者は社中の人々とその知人に限られるが、『俳諧新選』は一般読者層を対象にして作られたものだから流布の範囲は大きく異なる。

本書に入集する蕪村の句をみると、

鶯（うぐいす）のあちこちとするや小家がち
春雨（はるさめ）や人住みてけぶり壁をもる
凩（こがらし）や何に世わたる家五軒
褌（ふんどし）に団扇（うちわ）さしたる亭主かな
秋きぬと合点（がてん）のいたる嚔（くさめ）かな
音なせそ敲（たた）くは僧よふくと汁

など、今日でも名句とされているものが多いが、など、機知を弄した滑稽な句も含まれている。蕪村に対する嘯山の評価は一面に片寄らず、ウイットに富んだ蕪村の一面を見逃していない。

「四季山水図」

安永二年の画業としては、「四季山水図」（絹本、淡彩、四幅対）が注目される。この絵はほぼ正方形（約四十センチ四方）の絹地に描かれており、それぞれに蕪村が賛詩を記している。この形式は安永元年作の百池愛蔵の「四季山水図」を踏襲している。

詩はいずれも俗世間を遠く離れた山中や水辺の情景を描いているが、蕪村はこれらの詩を利用することで、四枚の画面の中に文人の理想郷を描こうとしたのであろう。用いられた詩は、李実夫作「邸壁」・羅隠作「杏花」（以上、春図）、王烈孫作「春江漁夫」・劉後村作「漁郎」・何橘潭作「傷春」（以上、夏図）、陳一斎作「隠者」・吉師老作「放猿」（以上、秋図）、張蒙泉作「一逕」・張籍作「尋仙」（以上、冬図）の九首、すべて『聯珠詩格』から取られている。

秋図に「謝煥筆意　夜半亭中ニ於イテ写ス　三菓居士　時ニ安永癸巳三月」と記されているが、謝煥については『元明清書画人名録』清の部に「謝煥　字星采」とあるだけで、詳しいことはわからない。

五　暁台の上京

安永三年

平成六年の俳文学会で、安永三年（一七七四）の夜半亭歳旦帳が雲英末雄氏によって紹介された。この歳旦帳は『明和辛卯春』より小型で瀟洒な小本である。蕪村の絵が十六図もあることが目を引くが、これらの絵の多くには謎が仕掛けられており、蕪村の遊び心が横溢した歳旦帳である（雲英氏は本書を『安永三年蕪村春興帖』と呼んでいる）。最初に「安永甲午歳旦」と記し、次の通り巻頭に三つ物を置く。

花の春誰そやさくらの春と呼ぶ　　蕪村
　若くさの戸の二日月そも　　雪店
雉子啼く孤村の夕べ水見へて　　宰町

上方都市系の歳旦帳の形式にならって、蕪村の歳旦帳も冒頭に三つ物を三組置いているが、この年の歳旦帳では珍しく三つ物は一組だけである。それよりも雪店・宰町という夜半亭一門では馴染みのない名前が並んでいるのが珍しい。

旧号の使用

宰町は蕪村の旧号であり、宰町とは実は蕪村その人にほかならない。雪店も一時的な蕪村の別号とみて誤るまい。つまり、右の歳旦帳の三つ物は、蕪村が三役を兼ねた一人芝居であったわけである。これがこの歳旦帳の趣向の一つであり、宰町や雪店などという見たこともない名前をみて、とまどっている社中の人々の顔を想像しながら、蕪村は一人ほくそえんでいたのであろう。これ以後蕪村が編集した本の中に、必ず彼は宰町・宰鳥などの旧号で登場する（安永四年の歳旦帳に旧号は見当たらないが、現存本には落丁があり旧号の有無を確認できない）。

『安永三年夜半亭歳旦帳』「雉子啼や」の挿絵
（雲英末雄氏蔵）

なお、月居の門人に宰町を名乗る人物がおり、『俳諧百家仙』（寛政８）に法体黒衣の肖像が掲載されている。この月居門人の宰町が現れるのは蕪村没後のことであり、蕪村生前に登場する宰町は蕪村自身である。また蕪村の門人に雪居という人物がいるが、彼は百池の一族で、右の雪店とはもちろん別人である。
安永三年の夜半亭歳旦帳に大雅の句がみえることはすでに述べたが、その句とは次の一句である。

いせの初日獅子と天狗は起出たり　大雅堂

蕪村と大雅の交渉を具体的に知る資料は乏しいが、尾形仂氏の「蕪村三題」（『芭蕉・蕪村』）に、蕪村宛ての大雅の手紙が一通紹介されている。その内容は蕪村の歳旦帳に句を乞われて、「いせの初日獅子と天狗は起出たり」という句を出句する旨を答えたものである。すなわち右の歳旦帳の句である。大雅の句は彼の手紙に記された通り、一字一句まったく表記を変えずに掲載されているが、大雅に敬意を表して、蕪村は大雅が書いた通りに掲載したのであろう。

この手紙には百池の箱書きがあり、

これは老師蕪村翁春帖（歳旦帳）を編み給ふ頃、余（百池を指す）、霞樵先生（大雅）へ使として、その返簡なり。价（使い）の褒美とて、とみに付与ありしを、軸つけ観とす。

と記されている。右の箱書きにより、この手紙が使いの褒美として蕪村から百池に与えられたものであることが判明する。安永三年夜半亭歳旦帳の出現は、期せずして百池の箱書きの信憑性を裏付けることになった。

『也哉抄』の序文

安永三年（一七七四）一月下旬に蕪村は上田秋成著『也哉抄』の序文を書いた。秋成（俳号は無腸）は几圭の知人であったから、当然几董は早くから秋成を知っていたであろう。蕪村は几董を介して秋成を知ったと思われるが、二人の交渉が文献上で知られるのはこの時が初めてである。秋成は蕪村よりも十八歳も年下であったが、以後二人は友人として交際し、その付き合いは蕪村の没するまで続いた。

正　名

大坂に蕪村の門人で正名（前号は東菑）という人がいる。この人は秋成と親しく、正名に宛てた蕪村の手紙に、秋成は「蚊島居士」「蚊しま法師」「蚊しまのおやぢ」「蟹先生」などという呼称でしばしば登場する。こうしたふざけた呼称から、この年下の友人に対して、蕪村が敬意と親しみを感じていたことがうかがえる。蚊島居士とは、秋成が当時加島村（蚊島とも。大阪市淀川区加島）に住んでいたのでこのように呼んだのであり、蟹先生は、秋成の俳号無腸（蟹の異名）にちなむあだ名である。

正名については、大坂における蕪村門の有力者ということ以外何もわからない。正名・春作宛の蕪村の手紙に「御寺の御用にて御ひまなく候はんと存じ奉り候」（安永6・

5・24）という文言があるので、潁原退蔵氏は寺院に関係のある人物と推定した。しかし別の正名宛の手紙に、「近来禅に御耽りなされ候と承伝候」（□・11・27）とあるから、「御寺の御用」とは禅に凝っている正名をからかった言葉だとわかる。

高田衛氏は、秋成が尼崎に町医師を開業した際に、その手引きをした人物として正名を想定し、

> 尼ケ崎に住む秋成とそれほど遠くない地に住む正名を医師とすれば、懐徳堂関係者の一人であり、歌人であり、また尼ケ崎の町名主であった川井立牧（明和三年没）の子、川井立斉が浮かび上がってこよう。

と述べて、正名は川井立斉ではないかという仮説を立てた（『上田秋成年譜考説』）。安永五年（一七七六）十月大坂で病気になった際、蕪村は「志慶・東菑（正名）の両子、湯薬のことなどまめやかにものし給はり」（「浪華病臥の記」）と書いているから、この内のいずれかが医者であった可能性がある。志慶は大坂高麗橋の素封家苧屋吉右衛門だというから（岩波文庫『蕪村書簡集』注）、医者ではない。私は正名の方は医者だったと思う。高田氏の仮説はきわめて有力である。

この年四月門人の丈芝を伴って名古屋の暁台が上京した。中興俳壇の両巨頭はこの

時初めて顔を合わせた。暁台は四十三歳、蕪村より十六歳年下であったが、すでに述べた通り、中京俳壇の中心人物であり蕉風復興運動の一方の旗頭として知られていた。蕪村と暁台との間に明和以来文通があったが、この時が初対面である。仙台の丈芝とはすでに前年の大江丸主催の句会で蕪村は一座している。

早速四月七日、夜半亭で蕪村・暁台・丈芝・几董の四吟歌仙が興行された。一順は次の通りである。

　　長安万戸子規(ばんこしき)一声

ほととぎす南さがりに鄙(ひな)ぐもり　　暁台

　垣のあなたをみじか夜の川　　蕪村

草たかき垜(アヅチ)平らにならさせて　　丈芝

　人の履(は)きたる足駄(あしだ)借るなり　　几董

この後、暁台門の士朗(しろう)・都貢(とこう)・宰馬(さいば)が師を追って上京した。士朗・都貢は暁台門の双璧であり、宰馬も有力な門人であった。この間、蕪村と暁台とが一座した歌仙が三巻あるが、このうち几董は三巻すべてに出席し、大魯が一巻に出席する。これ以外には夜半亭一門から誰も出席していない。こういうところに、蕪村一門におけるアマチュア俳人とプロの俳人の立場の違いがうかがえるようである。
霞夫・乙総宛の手紙で、「暁台は尋常の俗俳とは違ひ候ひて、厚き仕込みのものに候」（安永4・閏12・11）と述べている通り、蕪村は暁台を高く評価した。実際に俳席を共にして、彼の才能が並々でないことを実感したのである。蕪村がこれほど高く評価した人物はほかにいないが、またそれだけに、蕪村は暁台の目を意識せざるをえなかった。二人の間にはライバルとして、良い意味の緊張関係が保たれていたといってよかろう。以後、暁台はしばしば上京し蕪村と俳交を深めた。暁台の俳諧活動においても、蕪村との関係は大きな意味をもっていたのである。

桜井武次郎氏の紹介した几董宛の手紙（年次未詳、『会報大阪俳文学研究会』20）の中で、「『みなしぐり』の出来損ひにて、いやみの第一、むねの悪き事にて一句も句をなしたるものはこれ無く候」と、蕪村は暁台一派の作品をこき下ろしているが、これは一時的に何か蕪村のかんにさわることがあったのであろう。天明三年（一七八三）の芭蕉百回忌の折にも、蕪村は暁台に全面的に協力しており、暁台を推重する蕪村の姿勢は一貫して変わらなかった。『みなしぐり』は其角編、漢詩文調の俳風を代表する俳書として有名である。

『むかしを今』

夏、宋阿の三十三回忌追善集『むかしを今』を刊行した。蕪村が編集した初めての師の追善集だが、およそ追善集らしからぬ風変わりな本である。追善集には、直接間接に故人とかかわりのあった人々の追善発句や連句を収録するのが普通だが、本書の追善発句は蕪村と几董の二句だけである。連句(二巻。いずれも宋阿の「啼きながら川越す蟬の日影かな」という句を発句とする)の方では夜半亭傘下の面々が名を連ねており、一応は追善俳諧の体をなしている。しかし、几董宛の手紙に蕪村は『むかしを今』の歌仙を記し(ただし作者名はない)、「右の通りあらましつづり置き候。序文も出来候」(日付なし)と述べ、別の几董宛の手紙では「しかれば宋翁(宋阿)の発句に脇二つ付け遣はし候。二巻取り立て申すべく候間、第三、二句御案じなさるべく候」(安永3・5・10)と述べているから、この歌仙は二巻とも蕪村が几董の協力を得て作り上げたもので、他の連衆は参加していないとみて間違いない。蕪村と几董以外の連衆の名は、蕪村が適当に記したのであろうが、この中にこの年の歳旦帳で使った宰町・雪店の名も見える。

本書の序文で蕪村は、

されば今、我が門にしめすところは、阿叟(宋阿)の磊落なる語勢にならはず、もはら蕉翁(芭蕉)のさび・しをりをしたひ、いにしへにかへさんことをおもふ。

『つかのかげ』

と述べている。つまり『むかしを今』という書名は、昔の蕉風を今に返す、という意味で付けられたことがわかる。だが、収録された二つの歌仙は「かの、さび・しをりをはなれ、ひたすら阿叟（宋阿）の口質に倣って作られており、書名にこめられた意図と中身は明かに齟齬する。『むかしを今』は紙数八枚（一五頁）の片々たる小冊子だが、いろいろな謎を秘めているようである。

宋阿三十三回忌には『むかしを今』とは別に、『つかのかげ』という追善集が作られた。こちらは盛住庵浄阿（前号は鷺傘。『杖の土』にみえる「鷺傘亭盛澄」と同一人物であろう）という人の編集で、歌仙五巻、百韻一巻（発句は蕪村）、発句百二十句を収録しており、追善集として他に遜色のない内容である。これに比べれば『むかしを今』はお粗末としかいいようがないが、しかし『つかのかげ』のような型通りの追善集を作ることは、もともと蕪村の趣味ではない。宋屋亡き後、本来ならば夜半亭の継承者である蕪村が宋阿の追善集を作るのが本筋であろうが、浄阿の希望もあって、三十三回忌追善集の編集を宋阿門の先輩である彼に委ねたのであろう。浄阿が宋阿の京都時代の門人であったことは明らかだが、経歴については何もわからない。師の三十三回忌に当たって、姓を早野（宋阿の姓）に改めるといっているから、よほど宋阿を敬慕していた人物らしい。『俳諧新

選』（安永二年刊）に、

七十に成りける春

いつ迄か世にふらここのうつけ者　盛住

という句があるが、この盛住が盛住庵浄阿ならば、この追善集を編んだ時彼はすでに七十歳を超えていたことになる。

『芭蕉翁付合集』と『玉藻集』

秋に、『芭蕉翁付合集』（安永五年九月刊）、『玉藻集』（安永三年八月刊）と相次いで蕪村編集の俳書二部が完成した。『玉藻集』は女流俳人の句のみを集めたもので、園女・智月・羽紅・秋色など蕉門女流俳人を中心に四四

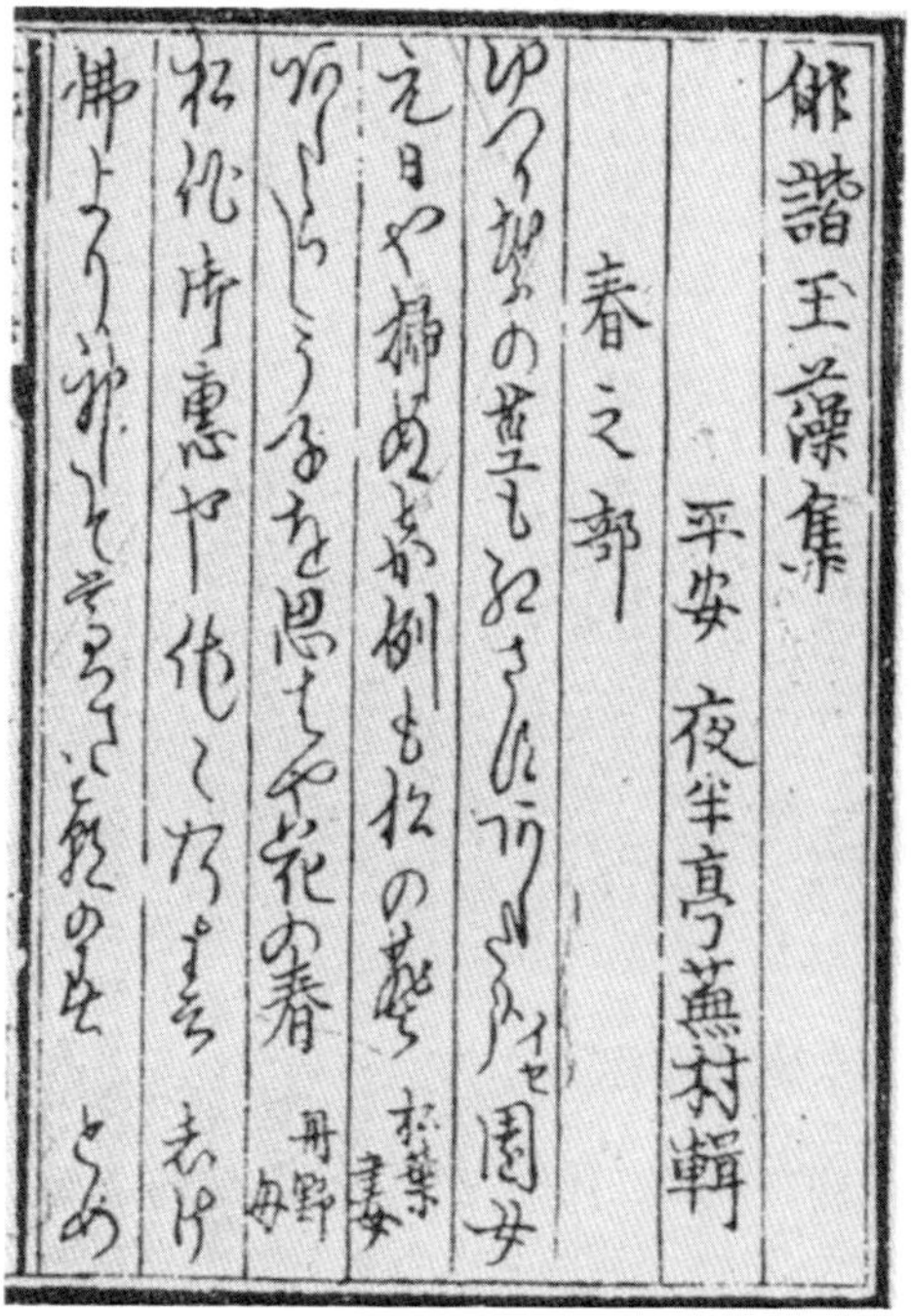

『玉藻集』巻頭部分（東京大学総合図書館・洒竹文庫蔵）

九句が集められている。序文は加賀松任（石川県松任市）の千代尼、跋文は江戸の田女（楼川の妻）である。出版書肆は京都の安藤八左衛門、すなわち自笑である。『芭蕉翁付合集』は文字通り芭蕉の付句を集めたものだが、蕪村の序文に「まづ蕉翁の句を暗記し付三句のはこびを考がへしるべし」とある通り、芭蕉の付句を打越・前句・付句の三句セットで抜き出した点に特徴がある。安永二年の「夜半翁三句之転」が基になって本書が企画されたのであろう。丸山一彦氏は両書とも編集の実務は門生に任せたらしいと述べているが（講談社版『蕪村全集』解題）、その通りだと思う。『玉藻集』は几董が板下を書いているから、実際は彼が編集したのかもしれない。

この年の冬、暁台は大津の義仲寺の芭蕉の墓に詣でた後上京して、美角邸に十日ほど滞在した。美角は、当時の上方文壇で特異な存在として知られた西村定雅の兄で、兄弟ともに蕪村と親交があった。美角・定雅兄弟は、縫針問屋として有名な、みす屋に生まれた。この時蕪村は二度暁台と連句で同座した。一度は美角邸での連句で、暁台・一音・蕪村・美角・几董・嵐甲・百池・我則・呑溟・定雅・甘蘭という顔触れである。もう一度は洛東正阿弥亭での連句で、この時は暁台・几董・我則・蕪村・一音の五吟である。

蕪村の雷嫌い

正阿弥亭の時は、雷がはげしくなったので途中で打ち切ったと記されているが（『続明烏』）、おそらく雷嫌いの蕪村が中止を申し入れたのであろう。彼が雷嫌いであったことは、「昨日は雷鳴恐怖御察し下さるべく候」（几董宛、□・6・28）という文言に明らかである。

なお、美角邸の連句は、大津の義仲寺で作られたという説があるが、山下一海（かずみ）氏のいう通り（『中興期俳諧の研究』）、この連句は暁台の美角邸滞在中に作られたとみるべきである。

安永三年の画作

安永三年（一七七四）の画作は年次の判明するものだけでも十点を数えるから（『日本名画鑑』

「我頭巾うき世のさまに似ずもがな」　短冊（柿衛文庫蔵）

所収のものは除く)、この年はかなり画業に追われていたと想像される。この内三点を左に掲げる。

四季山水図(絹本着色。四幅対。「安永甲午夏六月　謝春星写」など)

花鳥図(絹本着色。「安永甲午夏、夜半亭ニ於イテ写ス　謝春星」)

郭子儀図(絹本着色。「郭尚父　安永甲午冬十月望前二日、夜半亭ニ於イテ写ス　謝春星」)

蕪村はこれまで二点の四季山水図を製作しているが、いずれも方形の小画面であり、縦一〇五センチ横四〇・七一センチの縦長の画面に四季の山水図を描いたのは、これが最初である。この絵は諸書に収録されており、蕪村の傑作の一つに数えてよかろう。「花鳥図」は沈南蘋風の極彩色の花鳥画である。この種の花鳥画としては、メアリー&ジャクソン・パーク財団所蔵の「平安謝春星」落款のものと、もう一点「謝春星写」落款のものが、これまでに紹介されている。こうした極彩色の絵は蕪村の作品としてはまことに珍しい。

蕪村の「郭子儀図」は現在四点が知られているが、三点は謝寅の落款があるから、安永三年作の右の絵がこの中で一番早い。郭子儀は唐の粛宗時代の名将だが、孫が多くて数え切れないほどであったというから、子孫繁栄の守り神としてこの人の絵を求める人が多かったのであろう。家内繁盛や長寿をことほぐ、吉祥（きっしょう）を画題とした絵は蕪村にはかなり多い。

安永四年

安永四年（一七七五）一月十日に夜半亭の歳旦開き（さいたんびらき）（初句会）が行われているが（正名宛、安永4・1・12）、例年この日が夜半亭の歳旦開きであったのであろう。かなりの人が集まったらしく、せっかく正名が大量に送ってくれた鳥貝も、過半は社中の人に喰わはれたといって、蕪村は残念がっている（同右）。鳥貝は蕪村の大好物であったらしく、鳥貝が不当に値上がりした時には、「さばかり高き事、憎き鳥貝と存じ候」（正名宛、安永5・2・18）と鳥貝を恨んでいる。

『安永四年歳旦帳』

今年も例年通り夜半亭歳旦帳が出版された。巻頭の三つ物は次の通りである。

ほうらいの山まつりせむ老（おい）の春　蕪村
金茎（きんけい）の露一盃の屠蘇（とそ）　我則（がそく）
閣（かく）寒く楼あたたかに梅咲きて　月渓

我則については、京都の人ということ以外は不明だが、夜半亭一門の有力なメンバーである。安永二年三月七日の句会に月溪と共に初めて出席しているから、月溪の友人で二人は誘い合わせて蕪村の句会に出たのであろう。入門してまだ日も浅いこの二人を、蕪村はこの年の三つ物の相手に選んだのである。前年も句を寄せた大雅は、この年は「芳野山名所」と題して「愛染霞始靆（愛染ノ霞始メテタナビク）」という漢句を寄せた。

この歳旦帳は小本一冊、紙数三十六枚（62頁、ただし落丁あり）で、蕪村の歳旦帳としては最大の規模である。規模が大きくなったのは門人・知人が増えたからで、俳諧師にとっては喜ぶべき現象である。しかしこの現象は、蕪村には決して喜ばしいことではなかったであろう。この年を最後に蕪村は歳旦帳の発行をやめているが、数が増えた分だけ負担が多くなり、以後負担の多い歳旦帳の発行を打ち切ったのである。翌年安永五年は病気のために歳旦帳を出していないが、病気にならなくても歳旦帳は出さなかったと思う。当時俳壇に、歳旦帳から春興帳へ移行する風潮があったことを田中道雄氏が指摘しているが（「地方系春帖と蕪村一派」『文学』昭和59・10）、蕪村が歳旦帳の発行を止めたのは、こうした俳壇の動向もかかわっていたかも知れない。

この年十一月、『平安人物志』が刊行された。「画家」の部に蕪村は、円山応挙・伊藤若冲・池大雅について四番目に記載されている。登録された画家は全部で二十名、この中に蕪村の門人月渓も含まれている。

蕪村の住所は「仏光寺烏丸西へ入町」と記されているから、明和五年以後また引っ

『平安人物志』

越をしたのである。蕪村は四条烏丸東へ入ル町から室町通綾小路下ル町、そして現在地へと三度転居したことになるが、以後転居した形跡はなく、ここが蕪村のついの栖になったらしい。

この頃に書かれたと思われる賀瑞宛の手紙の中で、蕪村は、

外には路地借家のこらず空き家に相成り候て、只今は愚老一軒のみにて候。愚老他行（外出）いたし候ては、女ばかりにて留守をこはがり申し候。（□・3・3）

と書いている。蕪村は相変わらず借家に住んでいたが、その家は表通りからかなり引っ込んだ物寂しい場所にあったらしい。

安永五年六月二十八日付の霞夫宛の手紙に、「去年中より当春へかけ長病、既に黄泉の客と存じ候程の仕合はせ（状態）」と記されており、安永四年冬から翌五年の春にかけて、蕪村はかなり重い病気にかかっていたことをうかがわせる。安永四年閏十二月に書かれた手紙には、三通に「老病」という言葉が見えるから、体の不調を感じていたことは確かだろう。しかし、同じ閏十二月に書いた霞夫・乙総宛の手紙で、去年乙総から貰った小鴨のうまさが忘れられないから、手に入ったら送ってほしいと頼んでおり、食欲は少しも衰えていなかったことがわかる。なお、この霞夫・乙総宛の手紙は蕪村の手

紙の中ではもっとも長く（岩波文庫で七頁）、これだけ長い手紙を書く気力があるところをみると、この時には体力はほとんどもとに戻っていたのであろう。

蕪村の手紙には体の不調を訴える文言が非常に多い。だからといって蕪村が元来蒲柳の質だったと考えるのは大間違いで、「夜半翁終焉記」で几董が、

　もとより老情懶惰なりといへども、老イテハ益々壮ンナルベシと、恆に伏波将軍が語をつぶやき、行住坐臥翫弄衣食に就きても、矍鑠タルかなこの翁や、と人もうらやみ侍りけり。

と記している通り、蕪村は人も羨む頑健な肉体の持ち主だったのである。ただし自分の履く足袋の大きさは九文八分（約二三・五センチ）くらいだといっているから（大魯宛、安永3・9・23）、小柄な人だったと思われる。

知人の杜口が『翁草』の中で、「蕪村は文に述懐に、病患を書かぬ事なし、わるきくせなりといさめぬれば、その後はちとやみき」（巻百六）と書いているところをみると、蕪村は病気になるとそれをオーバーにいう癖があったらしい。蕪村は杜口の古希を祝って彼と両吟歌仙を巻き、また、「葛の翁図賛」を作って贈っているから、二人が親しい関係にあったことがわかるが、杜口の方が蕪村より八歳年上であったから、彼は蕪村に

対して遠慮なく物のいえる立場にあったのである。しかしこの時の病状が重かったことは事実であり、鉄僧（雨森章迪）の薬で持ち直したことが、霞夫・乙総宛の手紙（安永4・閏12・11）に記されている。

六　町絵師の生活

安永五年

安永五年（一七七六）蕪村は六十一歳の還暦の年を迎えた。この記念すべき年に、病気を理由に蕪村は歳旦帳を発行しなかったが、春に一音の『左比志遠理』の序文を書いた。これを一音は蕪村自筆のまま自著に掲げている。執筆の時期は不明だが、同書の暁台の跋文が二月に書かれているから、一月か二月であろう。一音は自分の著書を中興俳壇の二大名家の序跋で飾ったのである。

一音

一音は出身地不明の人で俳諧は涼袋（建部綾足）門、旅から旅の生活を送ったいわゆる行脚俳人である。行脚俳人について蕪村は、「今の世、行脚の俳諧者流ほど下心のいやなるものはこれなく候」と記し、金ばかりほしがる無学な輩が多いから注意しろと、霞夫・乙総に忠告している（安永4・閏12・11）。一音はこうしたたぐいの俳人ではなかったらしく、蕪村は彼と親しく付き合っている。蕪村の手紙には、「この法師（一音）はとかく色好みの失（欠点）これあり」（同右）とか「人のしらぬ古語古事などを申し出で候ひて、人をおどし候事などは以ての外あしき事に候」（大魯宛、安永5・1・18）などと一音批判の文言が見えるが、こうした批判は、むしろ一音に対する親愛感の表れとみるべきであろう。

一音は暁台とも親しく、暁台が『去来抄』（去来著、安永4）を出版した際には、板下（板木用の原稿）を書いている。板下を書くには専門的な知識が必要だから、暁台は一音の学識を買っていたのであろう。

大雅の死

四月十三日、池大雅が五十四歳で没した。霞夫宛の手紙で、「大雅堂も一昨十三日故人と相成り候。平安の一奇物、をしき事に候」（安永5・4・15）と蕪村は記している。

絵師の仕事

この霞夫宛の手紙は、当時の蕪村の画家としての仕事ぶりをうかがうのに格好の資料である。少し長くなるが、必要な箇所を引用する。

一、先だってより仰せ聞けられ候画幅の内、

　　右　寒山茅屋　山水

三幅対　中　宗全仙人採芝の図

左　深林転路　山水

右は有橘君（霞夫の父）御たのみ。

二幅対　梅にハハ鳥

是は華人（中国人）の物数寄（趣向）に、双幅を掛けて一幅の画に見る法なり。

右は誰人のたのみにや。二幅対にて大体なる画と、御注文にしたがひ候。

右五幅、このたび相下し候。御落手早々、それぞれ御達し下さるべく候。

一、二十五匁八厘　有橘君絹地料

一、十八匁七分五厘　二幅対ハハ鳥絹地代

きぬ代の義、先だっても御上せなされ候様に覚え申し候。いづれの絹代にてこれあり候や、病中故しかと覚え申さず候。その御地にて御吟味下され、いまだなる分は又々御上せ下さるべく候。右の外に、

三幅対　二通

極彩花鳥　一幅

芭蕉翁　一幅

右の分も不日に揮毫相下し申すべく候。長病後故、画に責められ候。まづ貴境の分

より相片付け申すつもりにしたため申し候。

ここに記されているのは、霞夫から注文を受けた分だけである。当時蕪村がどの程度の注文を受けていたのかしるよしもないが、出石方面からの注文だけでこれだけの点数だから、「画に責められ候」とぼやいているのももっともである。同時に霞夫のような地方在住の俳諧の門人が、蕪村の絵の売りさばきにいかに大きな役割を果たしたか歴然とする。霞夫は兵庫出石の人で、通称を堺屋六左衛門といい醸造業を営んだというが、こうした地方の素封家は単なる俳諧の門人ではなく、絵の顧客であり、絵の販売の仲介者でもあった。夜半亭社中は、いわば蕪村の絵を売りさばくネットワークでもあったのである。

絵の点数も多いが、その様式も多様である。早川聞多氏は、宗全仙人三幅対は南画風の絵、ハハ鳥二幅対は当時最新の奇抜な清画を取り入れた絵、極彩花鳥は南蘋派の写実的な絵、芭蕉図は俳画風の絵と推定している（『絵は語る・夜色楼台図』）。同じ時期に描かれたこれらの絵は、すべて様式を異にしている。「二幅対にて大体なる画と、御注文にしたがひ候」と右の手紙に書いているように、注文主の好みに応じて蕪村は絵を描き分けているのである。

この二か月ほど後に書かれた霞夫宛の手紙には次のような文言も見える。

> 一、このたび相下し候山水二幅は、北宗家の画法にしたため申し候。愚老持ち前の画法にてはこれなく候。それ故ちと不雅に相見え候。しかれども随分と華人（中国人）の筆意を得たる物に候。されども愚老かねて好む処の筆意にてこれなく候故、おかしからず候。足下（あなた。霞夫を指す）の御取り計らひにて、その御地の田舎漢へ売り付け、代金御上せ下さるべく候。（安永5・6・28）

南画（南宗画。文人画）の画法を持ち前とする蕪村が、あえて意に染まない北宗画の絵を描いて、出石あたりの田舎者に売り付けてほしいと依頼しているのである。このように南画とは相入れない北宗画の画法までも取り入れて、蕪村が様々な絵を描いたのは、できるだけ幅広い需要に応えようとしたからであろう。商品のレパートリーを広げれば、それだけ広く需要に応えることができる。南画だけを描いていたのでは需要が限られており、十分な収入を得ることが困難である。

蕪村は几董から四暢（漢画の画題）の絵の売買の斡旋を依頼されて、「この四暢の画は南宗の画法にて、素人は余り取らぬ物に御座候」（□・5・24）と答えている。「南宗の画法」、つまり南画が一般に人気のなかったことが、この手紙でよくわかる。南画を愛好したのは一部のインテリ階級だけであろう。

右の二通の手紙は、職業画家であった蕪村の姿を浮き彫りにしている。蕪村は絵を描くことを、塵用とか俗用と言っているが、彼にとって絵を描くことが飯を食うための世俗的な営みであった。蕪村の本領が南画にあったことは明らかであり、彼を文人画家と呼ぶことに異存はない。しかし画家としての蕪村の実態は、絵を描くことを仕事とする職人であり、彼を、芸術家を自負する今日の画家とひとしなみに扱うのは間違っていると思う。江戸時代には優れた芸術作品を生み出した職人が数多くいた。蕪村もその一人である。

几董宛の蕪村の手紙（□・9・18）の中に次のような文言がある。

> 月居物がたりに、春甫が画に画名を出すことを恥じ候よし、いかが、覚束無く候。愚老などと同じく立ち並び候を、あさましき事と心得ての儀と存じ候。いかにも禁城（皇居）の画壁もいたされ候大家の事故、さもあるべき事に存ぜられ候。

文面から察するに、几董と月居が、春甫（江村氏）と蕪村の絵を入れた俳諧の一枚刷りを作ろうと企画したのであろう。ところが、自分の絵が蕪村の絵と並ぶことを快く思わなかった春甫が、自分の絵に名前を入れることを拒否したのである。このことに、当時の画壇における蕪村の立場が端的に表れている。春甫は、皇居の障屏画を描くような師系正しいれっきとした狩野派の絵師だが、蕪村の方は師系も定かではない一介の町絵師に過ぎない。春甫と蕪村では絵師としての格が違うのである。それを十分に心得ていたから、蕪村は几董に対して、自分の絵を除き春甫の絵だけにするように、とアドバイスを送ったのである。

　蕪村が敬意を払った百川も町絵師であった。しかし百川は晩年に法橋（医師や絵師などに朝廷から与えられる位の一つ）の位を得ている。蕪村ほどの画技があれば、金さえ積めば法橋の位を得ることは、さほどむずかしいことではなかったと思うが、蕪村はそうした生き方を選ばなかった。

叭々鳥図

　なお、右の安永五年四月十五日付の手紙に見える「梅にハハ鳥」二幅対は、図柄からみて、早川聞多氏のいう通りワシントン・フリーア美術館に所蔵されている「枯木叭々鳥図」とみて間違いあるまい（同氏前掲書）。この絵には「安永丙申（五年）春三月望、夜半亭ニ於イテ写ス　謝春星」と記されており、この手紙の年次と符節が合う。もう一方

雪斎

の幅には「謝春星、雪斎ニ於イテ写ス」と記されているが、蕪村の絵の中に「雪斎」という号（画室の号）が記されたのは、年次の判明する絵ではこれが最初である。夜半亭・

三菓堂（軒）のほかに、蕪村は新たに雪斎という号を用い始めたのである。

これだけの絵を描いて、蕪村がどの程度の金を手に入れることができたのか、実はよくわからない。右に引用した安永五年四月十五日付の霞夫宛の手紙に記された、「二十五匁八厘」とか「十八匁七分五厘」というのは、数字が細かいことからわかるように、画料ではなく、ここに書いてある通り絹地代（絵絹代）である。霞夫宛の別の手紙に「先だって拙画ども相下し候処、右御謝儀として有橘公より御丁寧の至り、かたじけなく候」（安永5・6・13）と記されている通り、画料は「謝儀（謝礼）」という形で支払われている。親しい人から注文された場合、蕪村は画料を請求しなかったのである。

蕪村が画料を具体的に記した例は極めて乏しいが、その一つに来屯宛の手紙（安永7・12・21）がある。この中で蕪村は奥州会津の人と「十二枚屏風押し絵」を銀五枚で約束したと述べて、来屯が買ってくれるなら金三両でもいいと述べている。銀一枚は四十三匁だから、五枚で二一五匁、公定相場では一両が六十匁だから約三両二分である。来屯は回船問屋を営む兵庫の豪商で、本名は北風荘右衛門貞幹、司馬遼太郎氏の小説『菜の花の沖』では、北風家は「兵庫の北風か、北風の兵庫か」といわれるほどの名家として描かれている。また午窗宛の手紙に、蜀桟道図の謝金として三両二分受け取ったことが記されている。この絵は「華絹」に描かれ、縦五尺二寸三分、横三尺三寸（『武藤山治編『蕪村画集』）という大幅である。華絹とは中国渡来の絖地（絖本）をいうのであろう。

この他、二百疋を受け取った記事（几董宛、明和7・12・22）や三百疋を受け取った記事（百池宛か、□・7・24）があるが、その絵がどのようなものか不明である。二百疋は二千文、公定相場では一両は四千文だから、二百疋は一両の半分、つまり二分ということになる。三百疋は三分である。これから推定すると、蕪村の画料は普通の掛幅（掛け軸）で二分から三分、大作で三両二分くらいである。山東京山の『蜘蛛の糸巻』に天明頃初鰹一匹が二両二分であったと記されているが、蕪村の掛幅一幅の画料は初鰹一匹にはるかに及ばなかったのである（もっとも京都人に初鰹は無縁だが）。ちなみに、大雅の「瀟湘勝概図屏風」（六曲半双、着色）の謝礼は一両だったという（日本美術絵画全集『与謝蕪村』解説）。蕪村や大雅は、画家として美術史上一時代の頂点に立つ人だが、その彼らでも画料はこの程度だったのである。町絵師として生計を立てる以上、絵を量産しなければ、中流階級並の生活水準を維持することが困難だったことがわかる。

春夜楼二世の紫暁は「この叟（蕪村）、酔中に戯れて描き、筆とりなどせられける反古までも、在りし世に十倍して、雅となく俗となく、都鄙にあらそひもてはやせる」

（『常盤の香』）と書いているが、蕪村が生きている間は、彼の絵は我々が想像する以上に安かったと考えてよい。霞夫宛の手紙で「右長病、家内の困窮、言語道断に候」（安永5・4・15）、「家内の物入りその外、生涯の困窮、御察し下さるべく候」（同・6・28）と繰り返し窮状を訴えているが、蕪村の暮らしは、二、三か月も病気をするとたちまち生活に行き詰まるような経済状態だったのである。

芭蕉庵建立

四月、樋口道立の発起により洛東一乗寺村の金福寺に芭蕉庵が再建された。かつて金福寺の住持であった鉄舟という人が芭蕉を慕い、自分の庵を芭蕉庵と称していた。その鉄舟ゆかりの芭蕉庵を再建したのである。この芭蕉庵は俳人芭蕉とは直接関係はないが、名勝の地金福寺に建てられた芭蕉庵が、跡形も無くなっているのを惜しんで、道立の発起によりこれを再建することにしたのである。ただし、この草庵は天明元年に改築されているから、この時の建物は形だけの、粗末な仮小屋のようなものであったと考えられる。

道立が発起人になったのは、彼の曾祖父伊藤坦庵が芭蕉と号する人物と親密な関係にあったからである。『坦庵集』に、坦庵と芭蕉の親交を物語る数首の詩があり、道立はこの芭蕉を俳人芭蕉と思っていたのだが、実はこれは俳人の芭蕉とは別人で、京都の豪

道立

商那波九郎右衛門（祐英）の号であった（中村幸彦「芭蕉と伊藤坦庵」『中村幸彦著作集』9）。

道立は樋口氏、通称は源左衛門、川越藩松平家の京留守居役を勤めた。曾祖父坦庵以来一族は代々儒学者として世に知られた。父は漢詩人として知られた江村北海、叔父は福井藩儒の清田儋叟である。明和五年版『平安人物志』「学者」の部に、父や叔父と共に道立の名も見える。彼は、学者としても知られていたのである。俳諧では、蕪村門の十哲の一人に数えられているが、彼自身は「我、翁（蕪村）に師事することなしといへども、その知遇をになふこと二十有余年」（『から檜葉』）と、蕪村の門人ではないと明記している。道立がいつ頃から蕪村と親交を結ぶようになったのかわからないが、彼の名が初めて蕪村関係の資料に登場するのは、『月並発句帖』に記された安永四年（一七七五）七月二十二日の句会記録である。文化九年（一八一二）七十六歳で没しているから、安永五年は四十歳である

写経社句会

芭蕉庵再建発起を機に、蕪村門の有志が集まって写経社という新たな俳諧結社を作り、その第一回の会合が金福寺の残照亭で開かれた。これを記念して『写経社集』が刊行された。紙数十二枚（二四頁）の片々たる小冊子だが、蕪村七部集の一つに加えられている。最初に蕪村の「洛東芭蕉庵再興記」が収められているが、紙数四枚半（九頁）

を占める堂々たる名文である。この中に「このところにて蕉翁（芭蕉）の口号（即興的に作った句）なりと世にきこゆるもあらず、まして書い給へるものの筆のかたみだになければ、いちじるくあらそひはつべくも覚えね」という文言がある。つまり金福寺が芭蕉ゆかりの地であることを証明するものは何もない、というのである。しいて金福寺と芭蕉との関係を求めようとしないところに、蕪村の物にこだわらない大らかな性格がうかがえる。

以後、写経社の句会はほぼ半年ごとに開かれているが、安永七年（一七七八）五月七日以後の状況は不明である。『几董句稿』に「去年の春睦月三十日に都下舞馬（火災）の騒ぎありける後は、写経社の会盟もしばらく廃し、社友の人のまいり訪ふもまれまれなるを本意ならずおもひて云々」（「寛政己酉句録」）と記されているから、蕪村没後も行われていたようだが、安永七年五月以後の蕪村生前の状況はわからない。

樗良の上京

六月伊勢の樗良が上京し、木屋町三条に借家を求め、安永七年三月に北陸へ旅立つまでここに住んだ。この間に再び蕪村一門と樗良の交遊が緊密になり、新南禅寺の多稼亭で行われた夜半亭社中の月見の会に樗良も出席している（『几董句稿』「丙申之句帖」）。この月見の会は我則・月居の主催であった。

蕪村関係の資料に月居の名が見えるのはこれが初めてである。あるいはこの月見の会は入門の披露を兼ねて月居が催したのかもしれない（ただし、『俳文学大辞典』「月居」によれば、月居は春面という号で前年すでに蕪村の句会に出席している）。我則は安永二年（一七七三）三月に月渓と同時に入門しているが、安永三年十一月十日以後この日まで一度も句会に出席していないから、久しぶりの出席である。我則のことは何もわからないが、几董に我則の結婚を祝福する句があるから（『晋明集二稿』）、我則はまだ若く月居とさほど年齢が隔たっていなかったと思われる。

月居は京都の人で江森氏、寛政二年（一七九〇）に二条家から「俳諧之達者中興之器」として宗匠の免状を与えられ、俳壇の大立者として活躍したことは周知の通りだが、この時二十一歳である。文政七年（一八二四）没、年六十九。月居が加わったことで蕪村門の十哲がすべて顔を揃えたことになるが、しかしこの時すでに召波は死没している。

俳画

このころから蕪村は本格的に俳画を描き始めたようで、几董宛の手紙に次のような文言が見える。

白せん（白砧であろう）子、画、御さいそくのよし、則ち左の通り遣はし申し候。

かけ物七枚

よせ張り物十枚

右、いづれも尋常の物にてはこれ無く候。はいかい物の草画、およそ海内に並ぶ者、覚えこれなく候。下直（安価）に御ひさぎ下され候儀は、御容赦下さるべく候。

（安永5・8・11）

「はいかい物の草画」とはいわゆる俳画である。俳画においては日本には自分と肩を並べる者がいないと蕪村は大見えを切っているが、安く売るのは勘弁してもらいたいといっているから、蕪村の俳画は売るために描かれた絵である。白砧（砧の音はチンだが、当時センと読んでいたのだろう）は几董の門人だが、几董を通じて蕪村に絵を依頼したのであろう。

俳人で俳画を描いた者は多いが、それらはすべて俳人の余技として描かれたのである（ただし、俳画の祖といわれる立圃は例外か）。蕪村の俳画は売るために描かれたものであり、いうなれば商品である。できるだけ広い需要に応えるために、蕪村が様々な画法を駆使していることはすでに述べたが、ここに俳画という新しいレパートリーが蕪村の商品に加わったのである。商品として作られる以上、従来の余技としての俳画を超える工夫が必要である。「尋常のものにてはこれなく候」といったのはその意味であり、従来の俳画とは違うという蕪村の自負を述べたのである。

　岡田利兵衛氏のいう通り、宝暦七年（一七五七）の「天の橋立画賛」にすでに俳画の発想を見ることができる。宝暦十年の「守武像自画賛」や明和期の「鉢叩自画賛」なども俳画といってよかろう（『俳画の美』）。また『卯月庭訓』『うづら立』『はなしあいて』『安永三年夜半亭歳旦帳』などの板本の挿絵も俳画といえよう。しかし、右の几董宛の手紙にいう「はいかい物の草画」は、はじめから売ることを目的に作られたという点で、これらの俳画とは一線を画する。画家であると同時に俳人でもある蕪村にとって、格好のレパートリーが一つ増えたことになるが、需要も多かったらしく、現在六十点余りが知られている（芭蕉翁図、およびその門人を描いた俳仙図を除く）。

俳画の創始

　商品としての俳画がいつから作られるようになったのか定説はないが、落款に紫狐庵と記した絵があるから安永五年（一七七六）以前であることは確実である。紫狐庵の号が、安永二年から五年にかけて用いられたことはすでに述べた。そして紫狐庵号の俳画が「牛若弁慶自画賛」と「奈良法師自画賛」の二点しかないことを考慮すると、紫狐庵号使用の最末期である安永五年が、蕪村俳画の出発点であった可能性が高い。「万歳自画賛」に「八仙観（百川）筆意ニ擬ス」と記されているから、蕪村が俳画を描き始めたの

牛若弁慶自画賛（逸翁美術館蔵）

は百川の俳画がヒントになったのかも知れない。なお俳画において、蕪村は長庚（ちょうこう）・春星（しゅんせい）・謝寅（しゃいん）などの画号を一度も使用していない。これは俳画と本格的な絵を峻別したというよりも、洒落風流をもっぱらとする俳画に、中国風の堅い署名はそぐわないとみたからであろう。

『続明烏』

九月に『続明烏（ぞくあけがらす）』が成った。編者は几董で、父几圭（きけい）の十七回忌の追善集を兼ねて企画されたが、追善集の色合いは薄い。序文を道立が書いているが、内容は文学の本質を述べたもので、追善のことにはまったく触れていない。本書は蕪村七部集の中心をなす撰集で、芭蕉七部集の『猿蓑』に相当する。入集総句数四一六句、連句一二巻、入集作者一五二名（『日本古典文学大辞典』「続明烏」）という規模は蕪村七部集では最大のもので、俳壇における几董の力量を示している。几董が力を付けてきたことを蕪村は素直に喜んだであろうが、しかし、このような大部な本を作ることは蕪村の好みではない。蕪村自身が作った本はすべて瀟洒な小冊子である。このような所に俳諧を遊びとする蕪村と、それを職業とする几董の立場の違いがある。

本書には佳句が多く、質の高い撰集として知られている。蕪村の句では、

鶯のあちこちとするや小家がち

菜の花や月は東に日は西に

わかたけや橋本の遊女ありやなし

負くまじき角力を寝物がたりかな

中々に独りなればぞ月を友

などの名句が収録されている。

なお、本書巻末の奥付に「彫工九湖」と記されているが、彫工とは板木を彫る職人である。九湖は几董の門人で春夜楼社中の『初懐紙』の常連だが、几董と九湖の関係を考えると、夜半亭一門の俳書の版木はすべてこの九湖が彫った可能性が高い。

大坂下向

十月五日大魯を訪問するために大坂に下ったところ、船中で風を引き正名（東菑）宅

で病を養った。帰京後すぐに正名に礼状を出し、「さてもこのほどは存外の長滞留、殊に病中なにかと御やっかいの至り、御徳蔭をもって微恙早速平常に復し候ひて大慶つかまつり候」と述べている。

右の礼状の中で蕪村は、帰京後はおびただしく用事が重なって困っていると嘆いているが、この用事の一つは「関白様」から注文された絵を仕上げることであった。安永五年十月十三日に几董に宛てて書かれた手紙に、「愚老儀、日限これある画どもにて、寸陰を惜しみしことに御座候。関白様へ上り（意味が取りにくい。脱落があるか）、三幅対、むつかしき物どもにてはなはだこまり申す事に候」と記されている。この時の関白は近衛内前である。当時の公家階級はかつての栄光を失っていたが、それでも関白からの注文とあれば、蕪村のような町絵師にとっては名誉なことであったろう。賀瑞宛の手紙にも「近衛殿下献上の屏風、揮毫つかまつり居り申し候」（□・3・3）という文言がみえる。「献上」というと、ただで差し上げるように聞こえるが、もちろんただということはあるまい。関白のように身分の高い人の場合、注文された絵であっても一応建前として献上という形をとったのであろう。あるいは誰かが関白に献上する絵を蕪村が頼まれた、ということかもしれない。なお、清水孝之氏は右の几董宛の手紙は偽簡だというが（『追跡・三浦樗良』)、その根拠を示していない。なぜ氏が偽簡と考えたのか私にはその理由が分からない(原本未見)。

七　娘くの

安永五年(一七七六)十二月に娘が結婚した。この時娘は十四、五歳であったといわれているが、すでに述べた通り、私は十七、八の適齢期になっていたと思う。娘の名はくのという。年を取ってから儲けた一人娘であり、また手紙の中にしばしば娘が登場するので、蕪村は娘を溺愛していたと想像される。娘には琴を習わせており、霞夫・乙総宛の手紙に、

　娘も琴組入りいたし候て、よほど上達いたし候。寒中も弾きならし、耳やかましく候。されども無事にひととなり候をたのしみ申す事に候。(安永4・閏12・11)

と記している。うるさいといいながらも娘の琴の音に耳を傾けながら、その成長を喜んでいる老蕪村の姿が彷彿と浮かんでくる。「琴はけしからず(はなはだしく)上げ申し候。御上京ならば御聞かせ申したく候」(霞夫宛、安永5・6・13)という文面をみると、蕪村も

相当の親ばかだったらしい。

また、馬甫（霞夫）宛の手紙に「むすめ琴のけいこにこまり申し候。近年は画はかかせ申さず候」（安永5・1・18）と記しているから、一時蕪村が娘に絵を教えていたことがわかる。しかし見込みがないと見たのか、やめてしまったのである。

娘の持病

蕪村の悩みはこの娘に腕の持病があったことである。安永二年（一七七三）八月十七日付几董（推定）宛の手紙に、「少々娘持病の腕痛み、平臥いたし候」と見えるが、この頃から娘の腕の状態は思わしくなかったらしい。安永五年三月頃にははしかにかかり、病状が重くて蕪村を悩ませている（一鼠宛、安永5・4・3）。腕の状態は依然としてはかばかしくなく、安永五年八月二十七日付几董宛の手紙に「大黒町の鈴木多門にかけ申し候」という文言が見える。鈴木多門は京都ではかなり知られた小児科医であったようだが（古典俳文学大系『蕪村集』注）、小児科医といっても当時の医者は現在ほど専門がはっきりしていたわけではあるまい。多門の治療が功を奏したのか、「手の自在も大かたよくなり候」（正名宛、安永5・9・22）と述べているが、結婚直前の娘の健康状態は決して万全でなかったとみてよかろう。

大宴会

娘が結婚する数日前に蕪村は自宅で大宴会を開いた。その時の様子を正名に対して蕪村は次のように報じている。

> その節は愚宅に三十四、五人の客来、京師無双の琴の妙手、又は舞妓のたぐひ五、六人も相交じり、美人だらけの大酒宴にて鶏明（夜明け）に至り、その四、五日前後は亭主大草臥れ、只泥のごとくに相くらし申し候。（安永5・12・13）

琴の名手を呼んだのはもちろん娘のためであろうが、それにしても、娘の結婚前に舞妓まで呼んでドンチャン騒ぎをするとは、風変わりな家庭だといわねばならない。この年の六月には「絵絹屋にもおびただしき借金、こまり果て候」（霞夫宛、安永5・6・28）といい、昨年からこの春にかけての長患いで絵も画けず、「生涯の困窮」（同右）を嘆いていた蕪村が、娘の結婚で金がかかる時に舞妓まで呼んで大宴会をしているのである。このような家庭に育った娘が、まっとうな商人や職人の嫁が勤まるかどうか、いささか心もとないが、しかしこの馬鹿騒ぎの中に、こうでもしなければ紛らわすことのできない、蕪村の深い寂しさを見るべきかもしれない。

娘が結婚した後の安永六年（一七七七）一月晦日付の霞夫宛の手紙で蕪村は、

> 愚老も身安く相成り候故、近年には入湯ながら下向いたし、ゆるゆる御ものがたりも致すべきとたのしみ申し候処、力もぬけ候て恍然とおもひつづくるばかりに候。

と書いている。娘を片付けたら有馬温泉の入湯を兼ねて霞夫（兵庫出石の人）を訪ねるつもりだったのだが、その気力さえもなくなってしまったのである。娘を嫁がせた後の蕪村の寂しさを如実に物語る文面である。

しかし一方、肩の荷を下ろしたという思いもあったであろう。「良縁これあり、宜しき所へ片付き老心をやすんじ候」（延年宛、安永5・12・24）と、娘の結婚を素直に喜んでいる文面もある。結婚相手は西洞院椹木町下ルに住む、三井の料理人の柿屋伝兵衛だという伝承があるが真偽は不明である。

この年二月、蕪村は春興帳『夜半楽』を出版した。今年は歳暮の句をやめて春の句だけを収録した春興帳にしたのだが、蕪村の春興帳はこれ一点だけに終わった。紙数十枚（二十頁）の小冊子で蕪村趣味の横溢する美しい造本である。巻末に「門人宰鳥校」と記しているのは、門人の宰鳥が校合したという意味だが、宰鳥は蕪村の旧号であり実は蕪村自身である。自らが編集した本の中で旧号を使うのは、蕪村の趣向の一つである。「当春帳（『夜半楽』）は同盟の社中ばかりにて、他家（他門）を交えず候」（柳女・賀瑞宛、安永6・2・23）と述べている通り、『夜半楽』は「同盟の社中」のみの句を収録する方針で編集された。「同盟の社中」とは蕪村に正規に入門した人々の意味であろう。従って、

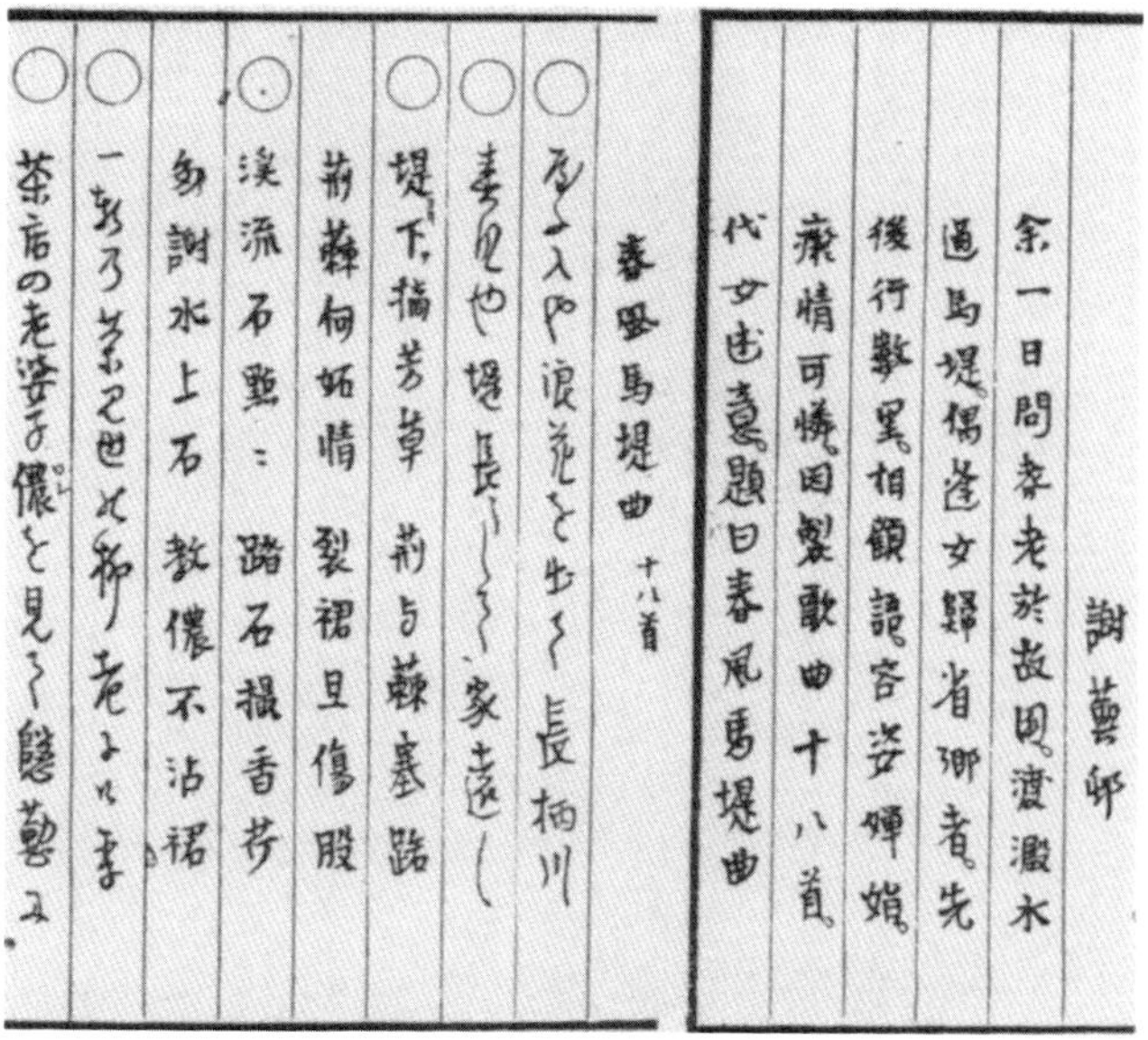
謝蕪邨

余一日問耆老於故園。渡澱水過馬堤。偶逢女歸省郷者。先後行数里。相顧語。容姿嬋娟。癡情可憐。因製歌曲十八首。代女述意。題曰春風馬堤曲。

春風馬堤曲　十八首

○やぶ入や浪花を出て長柄川

○春風や堤長うして家遠し

○堤下摘芳草　荊与蕀塞路

○荊蕀何妬情　裂裙且傷股

○渓流石点々　踏石撮香芹

○多謝水上石　教儂不沾裙

○一軒の茶見世の柳老にけり

○茶店の老婆子儂を見て慇懃に

『夜半楽』春風馬堤曲の冒頭部（天理大学付属天理図書館蔵）

安永三・四年の夜半亭歳旦帳に名を連ねていた江戸の知人は一人も入集していないし、歌舞伎役者の名もみえない。京都の嘯山（しょうざん）・美角（びかく）・定雅（ていが）・雅因（がいん）など、親しい友人の名も見えない。夜半亭一門以外で入集するのは旧国（ふるくに）（大江丸）だけだが、本集に入集しているから、当時の彼を夜半亭一門の一人に数えてよかろう。

『夜半楽』に入集するのは五十三人、この中には右に上げた旧国やすでに点者として独立している几董や大魯、また几董の春夜楼社中の亀郷（ききょう）・九湖（きゅうこ）・白（はく）

砧・万容が含まれる。これらを含む五十人余りが夜半亭一門の全容だが、中興俳壇の一方の旗頭としては、余りにも乏しい陣容といわざるをえないだろう。「文台を許すもの（点者として独立した者）四十余輩、門人二千人」（『俳諧大辞典』）といわれた江戸の蓼太と比ぶべくもないが、潁原退蔵氏のいう通り、夜半亭の俳壇的な勢力は「貞門の末流や淡々の遺弟等にも及ばなかった」（「太祇」『潁原退蔵著作集』13）とみてよかろう。地方俳人としては、伏見の柳女・賀瑞、浪花の旧国・霞東・志慶・正名・銀獅（呑獅の子）・延年、灘大石の士川・佳則、伊丹の東瓦、但馬出石の霞夫・乙総の十三名を数えるのみで、その地域は京都の近国に限られている。ただし、この人々はほとんどが地方の素封家である。

「春風馬堤曲」

『夜半楽』は「春風馬堤曲」という俳詩を収めていることで有名である。この作品は浪速に奉公する若い女性が藪入りの休暇で実家へ帰る道中を、発句や漢詩体を交えて歌い上げたもので、日本文学史上他に例をみない特異な形式で作られている。表記を改めず全体を掲げておきたい（ただし、ルビ・返り点・送りがなを付した）。

春風馬堤曲　十八首

○やぶ入や浪花を出て長柄川

○春風や堤長うして家遠し

○堤下摘芳草　荊与蕀塞路
荊蕀何妬情　裂裙且傷股
○渓流石点々　踏石撮香芹
多謝水上石　教儂不沾裙
○一軒の茶見世の柳老にけり
○茶店の老婆子儂を見て慇懃に
無恙を賀し且儂が春衣を美
○店中有二客　能解江南語
酒銭擲三緡　迎我譲榻去
○古駅三両家猫児妻を呼妻来らず
○呼雛籬外鶏　籬外草満地
雛飛欲越籬　籬高堕三四
○春草路三叉中に捷径あり我を迎ふ
○たんぽゝ花咲り三々五々五々は黄に
三々は白し記得す去年此路よりす

○憐みとる蒲公（たんぽぽ）茎短して乳を浥（アマセリ）

○むかし〳〵しきりにおもふ慈母の恩

慈母の懐袍（かいほう）別に春あり

○春あり成長して浪花にあり

梅は白し浪花橋辺（なにわきょうへん）財主の家

春情まなび得たり浪花風流（ブリ）

○郷を辞し弟に負（そむ）く身三春（さんしゅん）

本（もと）をわすれ末を取接木（とるつぎき）の梅

○故郷春深し行々（ゆきゆき）て又行々（ゆきゆく）

楊柳長堤道漸くくだれり

○矯首はじめて見る故園の家黄昏（こうこん）

戸に倚（よ）る白髪の人弟を抱き我を

待春又春

○君不レ見（ヤ）古人太祇が句

藪入の寝るやひとりの親の側（そば）

望郷

柳女・賀瑞宛の手紙（安永6・2・23）の中で蕪村は、「馬堤は毛馬塘なり。則ち余が故園（故郷）なり」と説明した後、この作品は「愚老、懐旧のやるかたなきよりうめき出でたる実情」だと述べている。「春風馬堤曲」は蕪村の望郷の思いから生まれた作品だったのである。蕪村が自分の故郷を明記したのはこの手紙だけであり、望郷の思いをあらわにしたのもこの時だけである。娘を嫁がせた空虚感が、蕪村の心を故郷へ向かわせたのであろうか。

娘の離婚

だが、この娘の結婚生活はわずか半年ほどしか続かず、安永六年の五月にはすでに離婚していた。正名・春作宛（安永6・5・24）の手紙で、離縁の事情を蕪村は次のように説明している。

> むすめ事も、先方爺々（娘の舅）もっぱら金もふけの事にのみにて、しほらしき志薄く、愚意に齟齬いたし候事ども多く候ゆへ、取り返し申し候。もちろん、むすめも先方の家風しのぎかね候や、うつうつと病気づき候故、いやいや金も命ありての事と不憫に存じ候ひて、やがて取りもどし申し候。

几董宛と推定される手紙（安永六年五月頃の執筆か）に、「むすめ病気又々すぐれず候ひて、この方へ夜前（前夜）引き取り養生いたさせ候」と記されているから、病気療養のために娘を引き取ってそのまま離縁させたらしい。もちろん蕪村の心痛ははなはだしく、この手紙には、「これら、よんどころなき心労どもにて、風雅（俳諧）も取り失ひ候ほどに候」という文言もみえる。彼は離婚の原因を相手方の父親のせいにしているが、もともとが病弱な娘であり、結婚生活は初めから無理だったのかも知れない。なお、娘の離婚前後にしたためられた蕪村の手紙の中に、娘の名前が「くの」と「きぬ」の二通りの形で出てくる。多分結婚後娘は婚家先で「きぬ」と改名させられたのであろう。私の親類に結婚後名を変えさせられた者がいるから、嫁に別の名前を名乗らせることは当時珍しいことではなかったと思う。

『新花摘』の執筆

娘が離婚する一か月ほど前の、四月八日から蕪村は『新花摘（しんはなつみ）』の執筆に取り掛かっている。夏行（げぎょう）として、花祭りの四月八日から百日間、一日十句の発句を作ろうと計画したのである。夏行は、本来は夏の間に行われる僧侶の仏道修行をいうが、当時は一般の人々の間でも、この期間に何か一つ志を立てて修業する人は少なくなかった。蕪村は一日十句の志を立てて、四月二十三日までは何とか続けたが（ただし必ずしも一日十句ではない）、この後一時中断した後に七句を加えて打ち切っている。ノートの残りには、関東放浪時代や丹後時代の思い出を記した文章を書き付けているが、この中には狸や狐の怪異を述べた面白い話が含まれている。

本書は母親の五十回忌追善のために発起されたというのが今日の定説であり、冒頭の、

灌仏やもとより腹はかりのやど

卯月八日死んで生まるる子は仏

更衣身にしら露のはじめかな

ころもがへ母なん藤原氏なりけり

ほととぎす歌よむ遊女聞こゆなる

耳うとき父入道よほととぎす

という六句に、父母に対する蕪村の思いがこめられていると説かれている。しかし私にはそのように受け取れない。

執筆の動機

この後間もなく娘が離縁していることから、『新花摘』執筆の動機に娘が関係しているとみるほうが自然であろう。娘が離縁するに至る直前の四月ごろは、蕪村にとってもっとも心労の激しい時期であったと考えられるから、彼の心は目前の娘のことで一杯であって、五十年前に亡くなった母のことを考えるゆとりなどなかったに違いない。その心労をまぎらわすためにこうした試みを始めたと私は思う。母の追善のためであったと

したら、『新花摘』発起後間もなく、四月十三日に几董と一緒に蕪村が大坂の方へ旅行に出掛けた（尾形仂『蕪村自筆句帳』「蕪村年譜」）のは不可解である。旅行中でも句は作れるが、旅行しながら作ったのでは追善の意味があるまい。この旅行は、蕪村の心労を慰さめるために几董が計画したのであろう。

右に挙げた句の内、「卯月八日死んで生まるる子は仏」の一句は、死産を詠んだとしか考えられないが、これがもし蕪村の実生活にかかわる句だとすると、当時の蕪村の身内に死産をしそうな人物はいない。娘は結婚しているが、結婚して半年にもならないから、死産をする可能性はない。

しかし流産ならば極めて可能性が高い。結婚すれば当然妊娠を想定しなければならないが、妊娠三か月目あたりが最も流産しやすいことは周知の通りである。前の年の十二月に結婚した娘が、翌年の三月か四月に流産したと想定しても何ら不自然ではない。彼女はもともと健康に恵まれなかったようだから、出産に耐えられるような状態ではなかったのであろう。離婚する直前に娘は著しく健康を害しており、これが離婚の直接の原因になったようだが、病弱な彼女に流産の後遺症が重なっていっそう体調を崩したのだと思う。蕪村が相手の父親を恨んでいるところをみると、妊娠中はもちろん流産した後にも、この父親には嫁に栄養のある旨いものを食わせてやろうという気持がなかったらしい。「耳うとき父入道よほととぎす」の句は、蕪村の実父を寓意して詠んだといわれているが、もしこの句に寓意があるとすれば、「金もふけの事にのみにて、しほらしき志薄」い娘の舅（しゅうと）こそ、「耳うとき父入道」にふさわしい。

『新花摘』が中断したのは病気のためだと月渓（げっけい）は書いているが（同書奥書）、当時蕪村が病気をした様子はない。四月十三日に大坂旅行に出掛けたことは右に述べたが、『新花摘』中断直後の四月二十九日に書かれた維駒（これこま）宛の手紙には、山伏（やまぶし）の一枚刷り（俳人真蹟全集『蕪村』に「摺物挿画木版（すりものさしえもくはん）」として掲載）を作ったために、その発送などに追われて、てんてこ舞いをしている有り様が記されている。中断したのは娘を離縁させようと決心して、心が落ち着いたからであろう。離縁は悲しむべき決着だが、しかし決着することで蕪村はそれまでの煩悶から解放されたのである。

山伏の一枚刷りを作ったのも気を紛らわすためであったと思うが、維駒宛の手紙で、「諸国へ配り候故、書状おびただしくしたため、その上板にはさみ封もしなど（一枚刷りの包装）、いやはや世話の至り」と嘆いている。発送くらいは若い門人に頼めばよさそうだが、こんな面倒なことを六十二歳になる老蕪村が一人でやっているのである。「そのひまつぶしを画の方にて精を出し候へば、大いに利益これある候事に御座候」と述べているが、「俳諧は好物」だから、「これ以後は止めに致すべきかとなげき」ながらもやめられなかったのである。蕪村にとって俳諧は経済的に何のメリットもなかったことが、この手紙でよくわかる。俳諧はいうなれば道楽であり、経済的に潤うどころか持ち出しになる方が多かったのである。

五月十二日、江戸へ出立する二柳の送別の句会が開かれた。参加者は二柳のほか、几董・蕪村・百池・道立・田福の五人である。二柳は加賀の人だが、行脚俳人として諸国を放浪した後大坂に居を定め、当時大坂俳壇を代表する一人と目されていた。夜半亭一門とは安永初年頃から交渉があったが、特に江戸へ出立したこの年、頻繁に蕪村と交わった。二柳はこの時五十五歳である。天明三年（一七八三）四月二十七日に蕪村は彼を自宅に泊めているから（蘭更宛、天明3・4・28）、二人の親しい関係が蕪村の晩年まで続いたことがわかる。

百句立ての俳諧

夏ごろから、毎月一度、夜半亭の句会において「百句立て発句」が行われることになった（霞夫宛、安永6・6・27）。百句立て発句とは限られた時間内に発句百句を作るもので、霞夫宛の手紙では初心者でもふたとき（約四時間）の間に作り終えると述べている。柳女・賀瑞宛の手紙（安永6・9・7）では「五分線香にていたしたる句」と述べているから、線香が五分（一寸の半分、約一・五センチ）燃える間に一句作ることを原則としたのであろう。六十を過ぎて、このような試みにチャレンジする意欲は敬服に値する。ただこれがいつまで続いたか不明で、九月までは続いたのであろうが後のことはわからない。

「奥の細道図」

この年九月、季遊に頼まれていた「奥の細道図巻」ができた。芭蕉の『おくのほそ道』に俳画を入れて、本文全体を蕪村が揮毫したものである。蕪村は「か様の巻物の画は随分洒落にこれなく候はでは、いやしく候ひて見られぬ物に候。それ故随分と風流洒落を第一に揮毫つかまつり候」（季遊宛、安永6・9・4）と述べている。「風流洒落を第一に揮毫」することが、俳画の要諦であったことがわかる。さらに「この巻は愚老も一巻ほしく候」と述べているが、これは暗に出来の良さをほのめかして、高く買ってほしいという謎をかけたのであろう。季遊は京都の人で佐々木氏、名は有則、嘯山の門人で初め寄笻、後に閑空と号したという（岡田利兵衛『俳画の美』）。阿波侯の御用達を勤めた商人である。

蕪村はこれと同じような「奥の細道図」を十点は制作したであろうといわれているが、この内真蹟が残っているのは三点のみである。右の季遊のために描いた一点も原物の所在は不明で、天保四年（一八三三）に了川なる人物が模写したものが兵庫県伊丹市の柿衛文庫に残る。岡田彰子氏の『蕪村筆蹟の研究』によれば、これには次のような奥書がある。

安永丁酉（六年）秋八月、佐々木季遊之需ニ応ジ、平安城南夜半亭中ニ於イテ書ス
六十二翁謝蕪村
　謝翁書画凡ナラズ尤も宝重スベキナリ　寛政丙辰（八年）之初冬　呉春識ルス
天保癸巳（四年）夏五月、緑紅軒中ニ於イテ写ス　了川

ついでに、現存する真蹟三点の奥書を左に掲出する。

奥の細道図巻　（京都国立博物館蔵）
安永戊戌（七年）冬十一月、平安城南夜半亭ニ於イテ写シ、且ツ書ス　六十三翁
蕪村

奥の細道図巻　（池田市・逸翁美術館蔵）
右奥細道上下二巻、維駒子之需ニ応ジ、洛下夜半亭閑窓ニ於イテ写ス　時ニ安永己亥（八年）冬十月　六十四翁蕪村

奥の細道図屏風　（山形美術館蔵）
安永己亥（八年）秋　平安夜半亭蕪村写ス

この外に、

右、北風来屯ノ需ニ応ジ画シ且ツ書ス　時ニ安永戊戌（七年）夏六月　夜半翁蕪村

という奥書のある一点があり、昭和七年刊行の『蕪村遺芳』に一部分の写真が掲載されているが、現在所在は不明である。

現在判明している事実から推測すると、「奥の細道図」は安永六年から同八年の間に集中的に描かれている。その中で安永六年に描かれた季遊旧蔵のものが最も早く、これが一連の「奥の細道図」の、いわば原型であったといってよかろう。

芭蕉顕彰碑

九月二十二日に金福寺境内に芭蕉顕彰碑が完成した（『几董句稿』「丁酉之句帖」）。文章（漢文）は道立の叔父清田儋叟が作り、これを永田忠原が書いた。永田忠原は、明和五年（一七六八）の『平安人物志』において、「学者」

『奥の細道図巻』「市振」の図（逸翁美術館蔵）

「書家」の両方の部に記載されている。碑文は芭蕉の徳を称え、建碑の発起人である道立について紹介する。前に述べたように、金福寺は芭蕉とは何のゆかりもなかったが、この碑ができたことで、蕪村を初めとする夜半亭一門の人々にとって、金福寺はまぎれもなく芭蕉ゆかりの地となった。この碑は金福寺の境内に現存する。

この時蕪村は、

我も死して碑に辺せむ枯尾花

という句を作った。死後はこの碑の傍らに葬られたいというのである。願い通り、蕪村は死後金福寺に葬られた。

十一月十一日、召波の遺児維駒が、父の七回忌の日取りの相談のために蕪村邸を訪れている（几董宛、安永6・11・12）。法会は十一月十六日に行われることになり、この時蕪村の、

いざ雪車にのりの旅人とく来ませ

という句を発句に追善歌仙が巻かれた。連衆は蕪村・維駒・五雲・自笑・田福・百池・几董・鉄僧・月渓・月居・集馬の十一人である。

父の七回忌を記念して、維駒は召波の句集『春泥句集』を編み、序文を蕪村が書い

た。この序文は蕪村の離俗論として有名なものだが、その内容については召波の死のところで述べたので、ここでは触れない。

第四　謝寅時代

一　謝寅落款

大坂下向

安永七年（一七七八）三月、蕪村としては長期にわたる旅行をした。『几董句稿』（「戊戌之句帖」）によれば、その時の行程は次の通りである。三月九日几董と共に昼舟で伏見を出発、翌朝には大坂に着き、その日は大江丸（旧国）の案内で網島と桜の宮を訪れた。十二日には西の宮・住吉脇の浜に足を延ばして一泊、翌日は大魯が加わって蕪村・几董・大魯の三吟歌仙が巻かれた。十四日には兵庫へ赴き、門人来屯の別荘に泊まった。十五日は和田岬隣松院で句会を催し、十六日来屯亭にもう一泊した後、十七日に脇の浜に帰り宿泊。十九日朝大石の門人佳則邸で朝飯の饗応をうけて、浪速に帰り心斎橋筋の旅館平久に泊まる。翌日道立が旅館を尋ねてきた。二十一日浪速を夜舟で出発し翌日昼ごろ帰宅している。この旅行で体調を崩したらしく、正名宛の手紙で「さても京腹へ鮮魚おびただしく食べ候故か、旅宿にて大腹下り、漸く守一子（大坂の人。医者）の御薬にてちくと快く、二十一日夜舟にまかり登り候」（安永7・3・24）と述べている。鮮魚に乏しい京都の食事を食べ慣れていることを「京腹」といったのだが、いかにも蕪村らしい造語である。

この旅行は十四日に及んでいる。体調を崩して予定より若干日程が伸びたとはいえ、このような長期の旅行は、讃岐から帰って京都に落ち着くようになってから初めてのことである。このころになると、娘の離縁から生じた心の痛手もようやく薄らいできたのであろう。

「野ざらし紀行図屛風」

五月に「野ざらし紀行図屛風」（六曲半双。重文）を描いた。款記に「安永戊戌（七年）夏五月平安城隅夜半亭において蕪村画並ビニ書」と記されている。もとは巻子本（巻物）であったのを現在は屛風に仕立て直してある。「奥の細道図」については、蕪村は十点ほど描いたといわれているが、「野ざらし紀行図」は現存するのはこれ一点だけで、他に描いた形跡はない。

芭蕉自身が絵を描いた、芭蕉真蹟『野ざらし紀行画巻』は岩波書店の『芭蕉全図譜』にカラー版で収められているが、芭蕉・蕪村二人の「野ざらし図」を一見して気づくことは、芭蕉は風景を主にし、蕪村は人物を主にしているということである。人物を主にしたのは蕪村の創意であり、芭蕉真蹟画巻を見て蕪村が人物本位の図にしたわけではなかろう。蕪村が芭蕉の真蹟を見た可能性はないといってよい。「奥の細道図」でも蕪村が描いた挿絵はすべて人物である。蕪村はすぐれた山水画家（風景画家）であったが、俳画では人物を主体とし、紀行文の挿絵でもほとんど風景を描かなかった。

続いて六月に来屯（きたむろ）の依頼で「奥の細道図巻」を作り、十一月にもう一点「奥の細道図巻」を描いた。これについては前に述べた。

七月に一幅の山水画（『蕪村遺芳』に掲載）を描き、款記に「戊戌（ぼじゅつ）秋七月、夜半亭ニ於イテ写ス　謝寅（しゃいん）」と記した。印は長庚・春星の連印（れんいん）である。戊戌は安永七年の干支（えと）であり、年次の明らかな蕪村の画作の中で、謝寅の号が現れるのはこれが最初である。この年五月に描いた「山林曳駒図（えいく）」に、「戊戌夏五月、夜半亭ニ於イテ写ス　謝春星」と記しているから、この後約二か月の間に改号したのである。これを境にして長庚・春星の落款は消えて（ただし印章には用いられる）、以後死没まで謝寅の落款が用いられる。謝寅の号が使われ始めた安永七年七月から死没する天明三年十二月までの、足掛け六年間が謝寅時代であり、画家として蕪村が最も輝やいた時期であった。

「福禄寿」書幅

岡田利兵衛氏は、謝寅は中国明代の画家唐寅に倣ったものか、と推定しているが（『俳画の美』）、その通りだと思う。唐寅は号を伯虎といい、当時の日本でかなり人気のあった画家である。蕪村と同時代の建部綾足は「画はもろこしのかたにならひて、明の伯虎が市中の風流をしたふ」（『紀行東山』）といい、「唐寅が売画にならふ」（『紀行浦づたひ』）ともいっている。「市中の風流」といい「売画」という表現から、唐寅は市中に住み絵を売って生計を立てていた人物として、日本では知られていたらしい。こうした唐寅の生き方に、蕪村は自分の姿を見たのだろうと思う。

なお、蕪村に「福禄寿」の書幅がある。これは福・禄・寿の三字を大きく書いて、それぞれに漢文の格言を付記したもので、俳人真蹟全集『蕪村』や『蕪村筆蹟の研究』に掲載されている。『俳

「福禄寿」書幅

人真蹟全集』によれば、縦四尺二寸、横一尺七寸である。この書幅に「安永甲午（三年）春、三菓堂ニ於イテ　東成謝寅書ス」と記されており、これが本物ならば、蕪村は安永三年（一七七四）の春にはすでに謝寅という号を使っていたことになる。しかし絵の方では、その後もずっと謝春星の号を使い続けており、安永七年七月に至るまで謝寅の号は現れない。蕪村は画賛としてかなりの数の漢詩・漢文を書いているが、このように漢字だけを書いた書幅はきわめて珍しい。おそらくこれ一点だけではなかろうか。この書幅に謝寅の号が用いられているのは、現在の段階では不可解というほかはない。

謝寅落款の絵

謝寅落款の絵は主な作品だけを数えても八十余点にのぼるという（『俳画の美』）。六十三歳を超えた蕪村が、晩年の六年間にこれだけの絵を残したことに驚かざるをえない。「ただただ画用しげく、一向手透き御座なく候」（赤羽宛、安永9・2・20）、「この節いそがしき事、言語道断に候。諸方とも延ばしがたき画用のみ」（几董宛、安永9・9・20）、「近年画と俳とに諸方より責められ、ほとんどこまり申す事に候」（正名宛、天明3・10・5）などの文言からわかるように、晩年の蕪村は絵の注文に追われていたのだが、その注文に応じて描きまくったのは、死を意識し始めた蕪村が、妻子のために少しでも多く金を残してやりたい、という気持ちもあったと思う。

右に述べたとおり、この時期蕪村は絵を描くことに追われていたが、どんなに忙しくても、彼は絵を描きなぐるような人ではなかった。『書画聞見録』という書に、東洋の談として次のような記事があることを森銑三氏が紹介している（「池大雅」『森銑三著作集』3）。

蕪村の画、はなはだ略に似たれども、一筆下すにも粗末なく工夫して、服紗唐紙（ふくさとうし）（『日本国語大辞典』によれば生紙（きがみ）の異称というが、ここは服紗大の唐紙の意であろう）一枚へも一日かかりて書きしなり。大雅はそれに異なり。然れども檜木（ひのき）材木の家造りなり。蕪村・雲泉（うんせん）は材木宜しからずといへども観（み）るべきなり。

東洋は仙台の画人で、東が姓、洋が名だという。安永二年十九歳の時に上京して大雅を訪ねているから、蕪村に関する話を聞いたのはその時のことであろう。「一筆下すにも粗末なく工夫」するような人だったからこそ、最晩年になっても絵に衰えをみせず、数々の傑作を生み出すことができたのである。

謝寅落款の重要文化財

謝寅落款の絵で制作年次の判明するものが四十点近くあるが、重要文化財に指定されているものには、なぜか年次の判明するものは一点もない。『蕪村画譜』所載の謝寅落款の絵の中から、重要文化財に指定されているものを抜き出して、ここに一括して挙げておきたい。

竹林茅屋・柳蔭帰路図屏風（紙本着色）

〔落款〕謝蕪村（竹林図）、謝寅（柳蔭図）。〔印章〕謝長庚印・春星（竹林図）、謝長庚・謝春星（柳蔭図）

竹渓訪隠図（絹本着色）

〔落款〕謝寅写於雪堂。〔印章〕謝長庚・謝春星

春光晴雨図（絖本淡彩）〔落款〕謝寅。〔印章〕長庚・春星

鳶・烏図（紙本淡彩双幅、北村美術館蔵）〔落款〕謝寅。〔印章〕謝長庚・謝春星

鳶・烏図（北村美術館蔵）

峨眉露頂図（紙本淡彩、一巻）〔落款〕謝寅。〔印章〕謝長庚・謝春星
夜色楼台図（紙本墨画淡彩）〔落款〕謝寅書。〔印章〕謝長庚印・春星

「竹林茅屋図」には左琴屋作「郵居」、「柳蔭帰路図」には韋荘作「過金陵」という七言絶句が賛として記されているが、いずれも『聯珠詩格』から取られている。この屏風は賛の部分だけに金箔が張られているが、金箔の上にしたためられた蕪村の書はまことに美しい。絵の美しさはいうまでもない。

「夜色楼台図」には「夜色楼台雪万家」と記されているが、これは万庵原資の詩集『江陵集』の「中秋含虚亭ノ作」という詩の第三句「夜色楼台諸仏ノ座」と、「東山ニ遊ンデ落花ヲ詠ズ」という詩の結句「湖上ノ楼台雪万家」とを合成したものである（日本美術絵画全集『与謝蕪村』解説）。万庵は江戸の臨済僧で詩文を服部南郭に学んだ。元文四年（一七三九）七十四歳で亡くなっているから、蕪村が江戸にいた頃はまだ在世だったのである。万庵の詩を賛に用いたものとして他に「不二図」があるから、蕪村が万庵の詩に親しんでいたとみて間違いなかろう。

大魯没

十一月十三日大魯が没した。享年は四十九歳と推定されている。彼は蕪村が夜半亭を継承した時からの門人であり、蕪村門十哲の一人である。文学的な才能には恵まれてい

たが性格に問題があり、大坂で蘆陰舎を結んでようやく安定した生活を築きながら、正名と絶交して兵庫へ移り、兵庫でも蕪村の有力な門人である士川に対して、不届きな行為に及んだらしい（士川ら宛、安永7・10・30）。正名と絶好した際には、蕪村は二人の間を取り持とうと努力したが（正名宛、安永5・2・18）、結局失敗した。「大魯・月居がごときの無頼者」（士川宛、天明3・9・14）と述べているように、大魯は蕪村がもっとも手を焼いた門人であった。死没する前年、彼は大量の生干しのうるめを送ってきたので蕪村は持て余したらしく、「とかく子供同然の法師にて、おかしく候」（几董宛、安永6・11・12）と述べている。樗良も「蘆陰舎（大魯）悼」の中で、大魯から突如絶交状を送り付けられて困惑したことを記している。このようなエピソードから、大魯には子供じみた直情径行の振る舞いが多かったことがわかる。こうした行為は時には愛嬌になったであろうが、むしろ他人の感情を害することの方が多かったと想像される。彼が同門の人々や門人との間に軋轢を繰り返し、失意の内に死没したのも当然の成り行きであったといってよい。没後、親友の几董により『蘆陰句選』が上梓されその序文を蕪村が書いた。この中で蕪村は大魯を「我が門の嚢錐」と呼んでいるが、大魯とってこれ以上の賛辞はない。もって瞑すべきだといってよかろう。

「寒林孤亭図」

この年の冬、「寒林孤亭図」ができた。款記に「戊戌冬、夜半亭ニ於イテ写ス　寒林翁蕪邨」と記されている。絵全体の寒々とした雰囲気は蕪村の他の絵とは著しく異なっており、また寒林翁という号も珍しい。こうしたことから、この絵に蕪村の隠された内面を見ようとする人が多い。その当否は私にはわからないが、ただ一ついえることは、若い時から彼には一貫して、白く冷たいものに対する志向があったということである。「渓霜蕪村」「霜蕪村」という署名についてはすでに述べた。安永五年（一七七六）頃から「雪斎」という号を用い始めるが、安永九年頃からこれと併用して「白雪堂」「雪堂」という号を用いている。二十九歳の時の『寛保四年宇都宮歳旦帳』で渓霜蕪村と名乗った彼が、晩年になって雪にちなんだ号を使い出したのは注目に値する。

檀林会

安永八年（一七六八）四月二十日、「俳諧修行の学校」（『連句会草稿』月居序）として檀林会が結成された。蕪村を宗匠、几董を会頭とし、会員は常連として、蕪村・几董のほか、道立・百池・維駒・月居・正白（七月より参加）の計七人である。「定式（会則）」には、毎月二十日に行うこと、時間は朝飯過ぎから夕方まで、会費は半年に金百疋（千文）などと記されている。正白は前号昨非、後に正巴と改号する。京都の豪商大文字屋（後の大丸）下村家の一族で紅染を業とした（下村をさむ『春坡の資料と研究』）。

従来夜半亭の句会は発句だけを作っていたが、この檀林会では連句を加えて、連句と発句の会にしたところが今までの句会と異なっている。しかし連句はむずかしい。檀林会の句会記録である『連句会草稿』（乾猷平『蕪村の俳諧学校』所収）に記録されている連句は全部で五巻、この内三十六句まで詠み終えたのは一巻だけである。安永九年（一七八〇）に入ると、正月二十日の会に一度連句を試みただけで、以後は従来通り発句だけの会になってしまった。ただし安永十年（天明元年）の『初懐紙』に、正月二十日の檀林会の連句が収められているので、安永九年以後は正月に一度だけ連句を作ることにしたのかもしれない。檀林会の活動を具体的にたどれるのはここまでだが、天明二年（一七八二）八月二十四日付の几董宛の手紙で「今日檀林会御つとめなされ候よし、めでたき御事に候」と記されているので、蕪村の晩年まで続いたことがわかる。

大津幻住庵訪問

安永八年（一七七九）九月十二日、蕪村は几董・百池を同伴して、大津義仲寺の幻住庵（雲裡坊が義仲寺に再建）に滞在中の暁台を訪れた（尾形仂「蕪村の幻住庵訪問の年次」『芭蕉・蕪村』）。その夜三井寺で月を眺めた折、三上山を望んで、

秋寒し藤太が鏑ひびく時

という句を作っている。藤太は俵藤太（藤原秀郷）、三上山の大むかでを退治したことで

有名な平安時代の武将である。藤太の放った鏑矢が、するどい音をたてて飛んでゆく光景を描き出した句で、歴史に題材を求めた蕪村得意の詠史句である。

三井寺からの帰途柴屋町で遊んだ。その模様を蕪村は次のように述べている。

> 十二日、三井山頭にて夜半過ぐるまで、俳諧いたし、下山のついで、柴屋町の富永にうちいり候ひて、夜明くるまで遊び候ひて、翌十三日又幻住庵の俳諧、ほとんど疲れはて候ひて、一向帰路は泥のごとくにて候ひき。（田福宛、安永8・9・15）

柴屋町は大津の遊女町だから、富永というのは妓楼であろう。遠来の客である暁台をもてなすためであろうが、それにしても若い連中と夜を徹して遊ぶ蕪村の体力には恐れ入る。「矍鑠タルかなこの翁や、と人もうらやみけり」（「夜半翁終焉記」）という几董の言葉は嘘ではなかったのである。

なお、右に引用した手紙は、従来は安永三年の執筆と考えられていたが、尾形説に従って安永八年に改めた。

蒹葭堂訪問

この後九月二十一日、上京中の木村蒹葭堂を木屋町の宿舎に訪ねた（『蒹葭堂日記』）。同じ日に森章適という人物も蒹葭堂を訪ねているが、この森章適は雨森章廸であろう。章廸は森弥一―雨森章適―雨森章廸と改名しており、本姓は森氏である（植谷元「蕪村周辺の人々」日本文学研究資料叢書『蕪村・一茶』)。蒹葭堂を訪問するために、蕪村は章廸を誘って出かけたのであろう(あるいはその逆か)。蒹葭堂は大坂の人で博学で知られたが、特に書画・典籍・博物標本その他さまざまな物品の膨大なコレクションは有名である。

この年の秋に「奥の細道図屏風」(重文。山形美術館蔵)を描き、冬十月に「奥の細道図巻」(重文。逸翁美術館蔵)を描いているが、これについてはすでに述べた。逸翁美術館蔵の「細道図」は維駒が所持していたので、維駒本と呼ばれているが、一連の「奥の細道図」の中ではこれが最後になったようである。

芭蕉翁図と俳仙図

「奥の細道図」の代わりに、このころから蕪村は芭蕉の肖像を描き始めている。蕪村の「芭蕉翁自画賛」は現在十点ほど紹介されているが、年次の判明するもので一番古いのは安永八年冬の作である。ただし、『几董句稿』(「ほく帖巻の四」)に、「竹裡にて十一月尽(十一月晦日)夜、紫狐叟(蕪村)が図せる蕉翁(芭蕉)の肖像あり」と記されているから、安永三年に描かれた蕪村の芭蕉像があったことがわかる。

なお、芭蕉像とは別に芭蕉の門人の肖像を略画風に描いた、いわゆる俳仙図がかなり残っているが(板本を含めて)、蕪村の真筆と断定できるものは現在のところ一つもない。小林忠氏は高瀬本『俳仙画帖』を発見し、これを蕪村の真筆と断定しているが(「与謝蕪村の俳仙図」『江戸絵画史論』)、いかがであろうか。とにかく、俳仙図については、高瀬本を含めて今後の研究課題であろう。

二　晩年の遊興

安永九年（一七八〇）一月十四日付の暁台宛の手紙に、

愚老、春興の小冊おもひ付き申し候。どふぞ御句早々御上せ下されたく候。士朗子・宰馬子・午窗子、一緒に御上せ下され候様に御下知（指図）下さるべく候。

と述べているから、この年は尾張の暁台一門の句を加えて春興帳を作るつもりだったらしい。しかし画用に追われて結局春興帳を出すことはできなかった（赤羽宛、安永9・2・20）。趣向を凝らした一枚摺りや小冊子の句帳を出すことが蕪村の楽しみの一つであったが、その楽しみを犠牲にしなければならないほど、絵の注文に追われていたのである。

三月、銅脈の誘いで嵐山の花見に出かけた。あいにく雨が降って難儀をしたが、帰路は蕪村行き付けの料亭杉月楼で遊んでいる（几董宛、安永9・3・7）。もちろん銅脈も一緒であったろう。銅脈は畠中氏、名は観斎、聖護院宮の近習を勤めたが、明和六年

銅脈先生

(一七六九)の『太平楽府』刊行以来、狂詩作者銅脈先生として有名になり、東の大田南畝と並び称せられた(『日本古典文学大辞典』「畠中観斎」)。安永九年当時二十九歳である。蕪村の交際範囲の中では異色の人物といってよい。明和八年(一七七一)刊の『勢多唐巴詩』(銅脈著)に蕪村は挿絵を書いているから(ただし、蕪村の絵に署名はない)、二人はそれ以来の知り合いであったかと思われるが、具体的な交渉はこれ以外に知られない。

　蕪村の交友の中で異色の人物をもう一人挙げるならば、山脇道作(名は玄陶)であろう。彼は日本医学史に不朽の足跡を残した山脇東洋の長子で、号を東門、俳号を雨遠といった(植谷元「蕪村周辺の人々」)。もちろん彼も医者であり、父の余光もあって医学界の名家である。天明二年(一七八二)に五十一歳で没しているから、蕪村より十六歳年下である。雨遠宛の蕪村の手紙が二通残るが(内一通は息子の玄冲と連名)、いずれの文面もくだけた調子で書かれており、二人の親密な関係がうかがえる。雨遠の名は『明和辛卯春』に見えるが俳諧は熱心ではなく、蕪村とは俳諧以外の付き合いが多かったのであろう。岩波文庫『蕪村書簡集』では「蕪村とは遊び仲間」と注しているが、その通りであろう。

　なお、雨遠の息子の玄冲とも親しく、玄冲・高典宛の手紙で蕪村は、春興帳を作るので二人の句を代作して入れておくと述べている。その中で「いづれも御名家の御事に候故、御名を出して、夜半社中の面目を備え申したく候」（日付なし）と記している。名家の名を出して春興帳の飾りにしたいというのだが、蕪村の代作は珍しいことではない。蕪村の春興帳は安永六年（一七七七）の『夜半楽』しかないが、他に予定しながら成就しなかったものもあると思われるので、この手紙の執筆年次は不明である。また玄冲の俳号もわからない。

医家の名門山脇家の総領である雨遠などは、蕪村の格好の遊び仲間の一人であったのであろうが、蕪村の遊びとは、料亭に芸妓をはべらせて酒を飲む茶屋遊びである。彼の手紙の中には、杉月・雪楼（富永楼）・一掬楼・玉松亭・中村屋・井筒屋など、茶屋（料亭）の名がしばしば登場する。「ただ、柳巷花街（遊女屋・芸妓屋などが集まっている場所。色里）にのみうかうかと日を費やし候。壮年の輩と出合ひ候が老いを養ひ候術に候」（有田孫八宛、年代不明）と述べている通り、年下の友人や門人と茶屋遊びをすることが、蕪村にとって若さを保つ秘訣だったのである。

しかし茶屋遊びは金がかかる。蕪村一人では遊興費をまかないきれないから、金のある門人の懐を当てにすることも多い。岡田利兵衛氏は「酒と美女の斡旋は必ず門人佳棠であることに気付く」（『俳画の美』）と述べているが、その佳棠に宛てた次のような手紙が残っている。

いつもとは申しながら、この節季、金ほしやと思ふことに候。今日はあまりのことに手水鉢にむかひ、かかる身振り(手水鉢を叩こうとする人物を描く)いたし候へども、その金ここに、といふ人なきを恨み候。されどもこの雪、ただも見過ごしがたく候。二軒茶屋中村屋へと出かけ申すべく候。いづれ御出馬下さるべく候。是非是非。　以上

二十七日　　蕪村

佳棠福人

「かかる身振り」というのは、浄瑠璃の「ひらがな盛衰記」の登場人物梅が枝のしぐさで、彼女が金がほしいといいながら手水鉢を叩くと、二階から「その金ここに」と小判三百両が投げ出される。金が無いといいながら、茶屋で雪見酒としゃれようというのだが、金がないというのは支払いの方はよろしくという謎である。福人は金持ちの意味であろう。佳棠も福人とおだてられては、この日の支払いをもたないわけにはいかなかったであろう。彼は汲古堂と称する本屋で通称を田中庄兵衛という。店は寺町五条上ル町にあった。

茶屋遊びに芸妓が付き物だが、蕪村は小糸・小雛・石松・琴野などを贔屓にした。特に小糸がお気に入りで、彼女に対する寵愛ぶりは相当のものがあったらしい。道立宛の手紙に次のような文面がある。

青楼の御意見承知いたし候。御もっともの一書、御句にて小糸が情も今日限りに候。よしなき風流、老いの面目をうしなひ申し候。禁ずべし。さりながら、もとめ得たる句、御批判下さるべく候。

妹がかきね三味線草の花さきぬ（安永9・4・25）

青楼は遊郭のことだが、ここは茶屋遊びをいう。右の文面から、道立が蕪村の茶屋遊びを手紙で諌めたことがわかる。「御句にて小糸が情も今日限り」といっているところをみると、小糸に溺れている蕪村を風刺する句を道立が送ってきたらしい。儒学の名門に生まれ、みずからも儒学者であった道立は、夜半亭一門では蕪村に諌言できる唯一の人物であったのかもしれない。彼の名は蕪村の手紙の中に度々登場するが、門人宛の手紙では、蕪村は必ず「様」「子」「君」などの敬称を付けており、道立を一度も呼び捨てにしていない。二十歳も年下のこの門人（ただし道立自身は門人ではないといっている）に対して、蕪村は一目も二目も置いていたのである。したがって、道立から意見をされれば従わざるをえず、小糸との関係も今日限りなどと大見得を切ったのである。

だが、その後蕪村が茶屋遊びを慎んだ形跡もなければ、小糸との関係が断絶した様子もない。天明二年（一七八二）十一月五日付の几董宛の手紙では、小雛・小糸・石松などの芸妓に囲まれて顔見せ興行を見物したことを報じている。道立の意見は何の効果もなかったわけだが、このことで道立と蕪村の関係が悪化した様子はない。道立の諫言も、年を考えてほどほどに、といった程度のことだったのであろう。

このような蕪村のことだから、洒脱な人柄であったことはいうまでもない。自分の家の下女が几董の下男に岡惚れしたことを知った蕪村は、わざと用事をこしらえて彼女を几董の家に遣わし、恋しい男に会う機会を作ってやっている。「これ恋情（れんじょう）の仁心（じんしん）なり」と蕪村は悦に入っているが（几董宛、安永9・3・12）、この手紙を受け取った几董は苦笑するほかはなかったであろう。

この年三月頃『源氏物語』を読んでいる。安永九年三月十二日付の几董宛の手紙に「夜前（前夜）の歌論、愚老勝ちなり。今日も源氏物語見申し候。我則（がそく）の偏屈者（へんくつもの）こまりいり候。おもはず老疳（ろうかん）を発し今日はくたびれ申し候」と記されている。我則と歌論を戦わせて相手の強情さに癇癪玉（かんしゃくだま）を破裂させたのだが、源氏などの古典を読んで、時には若い門人と歌論を戦わせることも、蕪村の楽しみの一つだったのである。蕪村が『宇治拾遺物語』や『徒然草』を愛読したことはよく知られているが、『和漢朗詠集』なども愛読書の一つであったと思われる。その他有名な古典は一通り読んでいたであろうが、「なるたけは古事古語を用ひず、平生の事のみをもつて句を仕立て候事第一に候」（大魯宛、安永5・1・18）と門人に教えている蕪村のことだから、作品の中から彼の古典の素養を探り出すことはむずかしい。新潮日本古典集成『与謝蕪村』の頭注で、清水孝之氏が典拠として挙げている和漢の古典の中には、あまり特殊なものはない。

『桃李』

檀林会における連句の勉強会が思わしい成果を挙げなかったためか、安永九年の七月頃から、蕪村は几董一人を相手に両吟歌仙を巻き始めた。十一月に二巻の歌仙が完成して、『桃李』と題して出版された。二つの歌仙はほとんどを文通によって作り上げたもので、作成の過程を示す手紙（すべて几董宛）が十八通残っている。同じ京都に住みながら文通にしたのは、蕪村の方で時間が取れなかったからであろう。当時蕪村が画業に追われていたことはすでに述べた。

九月二十四日付の手紙に「両吟、昨日百池より相とどき申し候。いかにも仰せのごとく四、五句いたし替へ、しかるべく候」とあるから、この時までに一応できていたようだが、しかし「このたびの両吟は、いくたびも煉り返し候ひて、いたしたき物に候」（日付なし）といっているように、推敲に推敲を重ねて十一月に完成したのである。これらの手紙の中には「殊更、尾（尾州）の輩などは何がな疵（欠点）を見出し候ひて、あしざまに沙汰せんと、手ぐすみ（手ぐすね）いたし居り候おもむきに候」（日付なし）とか「尾州の者ども、か様の所に小言申し候」（日付なし）という文言が見える。「尾州の者」とは尾張の暁台一門である。蕪村がいかに暁台一門（特に暁台）を意識していたか如実にわかる文言であり、推敲に推敲を重ねて二巻の歌仙を作るのに四か月もかけたのも、暁台一門が批判する余地のない作品を作ろうと意図したからである。

二巻の歌仙のそれぞれの表六句を挙げておきたい。

牡丹散りてうちかさなりぬ二三片　蕪村
卯月二十日のあり明の影　几董
すはぶきて翁や門をひらくらむ　〃
聟のえらびに来つる変化　村
年ふりし街の榎　斧入れて　〃
百里の陸地とまりさだめず　董

冬木立月骨髄（こつずい）に入る夜かな　几董
この句老杜（ろうと）が寒き腸（はらわた）　蕪村
五里に一舎かしこき使者を労（ねぎら）ひて　〻
茶に疎からぬあざら井の水　董
すみれ啄（は）む雀の親に物くれん　〻
春なつかしく畳紙（たとう）とり出（い）で　村

樗良没

安永九年十一月十六日、樗良が没した。享年（きょうねん）は五十二歳。長く漂泊の人生を送った人だが、没したのは郷里の伊勢であった。

三　天明期

天明元年

安永十年（一七八一）四月二日年号が天明に変わった。蕪村は天明三年に没するが、この短い天明期は画家としての蕪村の大成期であった。重要文化財に指定されている謝寅落款（しゃいんらっかん）の絵のほとんどはこの時期に描かれたとみてよかろう。蕪村はすでに六十六歳だが画業において衰えを知らず、これまで図録類に紹介された蕪村の絵のうち、天明元年（安永十年を含む）の年記のある絵が、実に十八点を数える。数の上では群を抜いて多い。このなかで「其角画賛」は俳画なので夜半亭蕪村と署名しているが、残りはすべて謝寅落款である。天明二年には十二点を数える。これまた少ない数字ではない。この内、夜半翁落款のものが二点、蕪村落款のものが一点、残りは謝寅落款である。これだけ画業に精励すれば、当然生活も楽になったことだろう。蕪村の手紙の中には、しばしば金が無いと嘆く文言がみられ、それが蕪村の手紙の特徴の一つになっているほどだが、天明元年頃からそういう文言はまったくみられなくなる。

金福寺芭蕉庵改築

天明元年五月、金福寺の境内に芭蕉庵が完成した。安永五年（一七七六）四月、道立の発起によって建てられた芭蕉庵を改築したのである。安永九年几董（推定）に宛てた手紙の中で、蕪村は丸窓のある芭蕉庵の略図を描き、「この丸窓、いやな物に候。これにてはなはだ俗に見え候」（日付なし）と記している。ことさらに風流めかした物数寄が、蕪村の趣味に合わなかったのである。富岡鉄斎の『閑古集』（明治二二年刊）に金福寺の芭蕉庵を写した絵がある（大磯義雄『与謝蕪村』口絵）。この絵と蕪村の略図とは建物の構造が同じだから、蕪村の略図は完成予定図であったことがわかる。蕪村の略図の丸窓は鉄斎の絵では四角い窓になっているから、蕪村の注文通り、いやな丸窓は四角く変えられたことが判明する。新庵は蕪村好みの瀟洒な庵に生まれ変わったことであろうが、この建物は現存しない。芭蕉庵改築を記念して、『写経社集』（安永5）の「洛東芭蕉庵再興記」を清書して、蕪村は金福寺に収めた。

当時の蕪村が画業に精励していたことは右に述べたとおりだが、しかし茶屋遊びをやめたわけではなく、几董宛の手紙（天明二年ごろか、□・18）の中で、一掬楼へ行ったところ「美人おびただしく佳興に候」と述べ、「明日は伏淵へまかりこし候」と報告している。伏淵も蕪村たちがよく利用した料亭で、ここの女主人が御歯黒壺へ鉄灸を入れる姿を俳画風に描いた、伏淵宛の蕪村の手紙が一通残っている。

茶屋遊びとともに、芝居見物も蕪村の大きな楽しみだったが、蕪村が芝居好きであったことは大谷篤蔵氏の「蕪村の芝居好き」（『俳林閒歩』）に詳しい。単に芝居好きであったというにとどまらず相当の芝居通で、時には役者の演技についてかなり辛辣な批評をしている。天明元年の中山座興行の「傾城閨物語」を見物した際には、「虎宥（二代目中村十蔵）、古今独歩の下手くそ、野暮の天上なり。奥山（浅尾為十郎）すかたん（当て外れ）ばかり、きのどく（不愉快）目も当てられず候。坂半（坂田半五郎）、こいつは大ごくどう（ろくでなし)、上手下手の論にかかる物にてこれなく候」と酷評した後に、「右の芝居に中(あて)られ今もつて病気」(几董宛、天明1・2・16)と、とどめをさしている。下手な芝居の毒気(どっけ)にあたって病気になったというのである。

天明二年(一七八二)の顔見せ興行は門人佳棠(かとう)の招待で、小雛・小糸・石松などの芸妓に囲まれて見物した(几董宛、天明2・11・5)。「佳棠は用事に付き、七つ(三時頃)過ぎに見え候ひて、それまでは愚老、山の大将」と述べているから、佳棠が来るまでは蕪村は美女連中を独り占めにしていたのである。芝居の出来はよくなかったようだが、美女と一緒だったせいか、「まこと都の風流、田舎には又夢にも見られぬ光景にて候」と、大満足の芝居見物であった。この時は佳棠の招待だが、天明三年中山座の「関取(せきとり)千両幟(のぼり)」を見物した時には、眠獅(みんし)(嵐雛助)から桟敷(さじき)を提供されており(百池宛、天明3・6・15)、蕪村には無料で芝居を見る機会も少なくなかったようである。

役者の物まね

見るだけでなく、蕪村は密かに役者のまねをして楽しむことがあったらしい。田能村(たのむら)竹田(ちくでん)の『屠赤瑣々録(とせきささろく)』に面白いエピソードが記されている。これを要約して示せば次の通りである。

蕪村の絵の門人に田原慶作(けいさく)という人物がいる。彼がある夜蕪村を訪ねたところ、戸が締め切ってある。もう寝たのかと思いながら、しばらく様子をうかがっていると、家の中で物音がして何やら叫ぶ声がする。戸を叩いてみると蕪村が出てきて家に入れてくれた。家の中にはほかにだれもいない。それで最前の様子を聞くと、蕪村がいうには、今晩は妻子が下女を連れて実家に帰った。幸い一人なので戸を閉めて芝耕という役者のまねをしていたのだ、と。

家族の行楽

芝居や茶屋遊びは蕪村の大きな楽しみであったが、しかし彼は家庭をかえりみず自分だけが楽しんでいたわけではない。几董宛の手紙では「家内のこらず梅亭へ呼ばれ候て、愚老は留守をつとめ居り申し候」(□・5・24)と述べている。家族のために一人留守番を勤める殊勝さを、蕪村は持ち合わせていたのである。梅亭は紀梅亭で、蕪村の絵の弟子として有名である。また百池宛の手紙の中で、家族が芝居見物に出掛けた後一人で留守番をしながら、「愚老一人、俊寛以来のあはれ、御推量下さるべく候」(日付なし)と書いている。一人で留守番をしている自分を、鬼界が島に一人だけ取り残された俊寛にたとえたのである。この当時の京都の治安状況では、家を空にすることができず、家族が下女同伴で出掛ける時には、蕪村が留守番をせざるをえなかったのであろう。

もちろん家族同伴で出掛けることもあった。天明三年三月には魚官夫婦を誘い、家族揃って嵯峨の花見に出掛けている(魚官宛、天3・□・□)。魚官については不明だが、この当時蕪村一家と家族ぐるみの付き合いをしていたようである。この手紙の中に次のような文言が記されている。

手前よりも、にぎりめし持参いたし候。貴家よりも、めし少々御もたせなさるべく候。随分こころやすく、順礼の骨柳めしにてよろしく候。

「順礼の骨柳めし」とは粗末な弁当をたとえた表現だが、蕪村一家の簡素な花見の情景が彷彿とする。蕪村の行楽には、門人知友との豪勢な花見もあれば、このようなささやかな花見もあったのである。この頃になると娘の離縁の後遺症は感じられない。

大魯が没した後しばらくは、蕪村を悩ませるような不心得な門人はいなかったが、このころになって月居の放蕩が蕪村の新しい悩みの種になった。天明ごろの蕪村の手紙には、「さても月居無頼の段、言語に絶し候。月居は、しばらく義絶(ここは破門の意)いたさねばならぬ男にて御座候」(佳棠宛、天明初、11・6)、「月居、段々諸方不埒、日々評判あしく、最早絶対絶命の時至り候と存じ候」(几董宛、天明2・11・5)、「とかく無頼の悪少年、いたしかたなく候」(同、天明2か、□・18)などと、月居の不行跡を嘆く文言が散見する。右に引用した佳棠宛の手紙には、月居が後年になって記した添え書きがあり、この蕪村の厳しい文言は、「若きほどの好きごこちに柳巷花街（色里）にうかれありきつつ、なすべき事どもを怠たりつるをにくみてのくり言」であった、と月居は書いている。天明二年当時、月居は二十代半ばの遊び盛りであり、彼の放蕩ぶりは他の門人の顰蹙を買うような状態だったのであろう。

蕪村自身、「柳巷花街にのみ、うかうかと日を費やし候」（有田孫八宛、年代不明）といっているような状態であったから、月居の放蕩を本気で怒っていたかどうかわからないが、他の門人の手前、彼の放蕩を放置しておくわけにはゆかったのであろう。しかし「義絶いたさねばならぬ男」といいながらも月居を義絶した形跡はない。大魯や月居の振る舞いにはかなり悩ませられたようだが、蕪村は最後まで彼らを見放すことはなかった。これも蕪村の人柄であろう。

天明二年（一七八二）三月蕪村は初めて吉野を訪れた。「蕪村三回忌追悼刷物」で、田福が「よし野の花に旅寝をともにし」たといっているのはこの時のことであろう。梅亭宛の手紙に「昨夜よし野より帰京いたし候。留守中さてさて御世話、忝なく候」（天明2・3・18）とあり、家族のことを梅亭に頼んで出掛けたことがわかる。安永五年（一七七六）頃の賀瑞宛の手紙で「当春もよし野の本意とげがたく候」（□・3・3）と述べている通り、吉野行は蕪村の長年の夢であったが、画業に追われてその夢をなかなか実現できなかったのである。安永九年（一七八〇）二月二十日付の赤羽宛の手紙でも、「愚老、当春は是非よし野行とおもひ立ち候。三月十日頃に発足つかまつり候」と報じているが、この年吉野へ行った形跡はない。

六十七歳にして初めて夢をかなえることができた喜びは大きく、吉野行を記念して、

花を呑んで雲を吐くなりよしの山

という句を刷り込んだ刷り物を作って、知人に配ったようである（梅亭宛、天明2・3・18）。この刷り物の所在は知られないが、落花を描いて右の句をしたためた自画賛が逸翁美術館に所蔵されている（但し自画賛は花と雲が逆）。

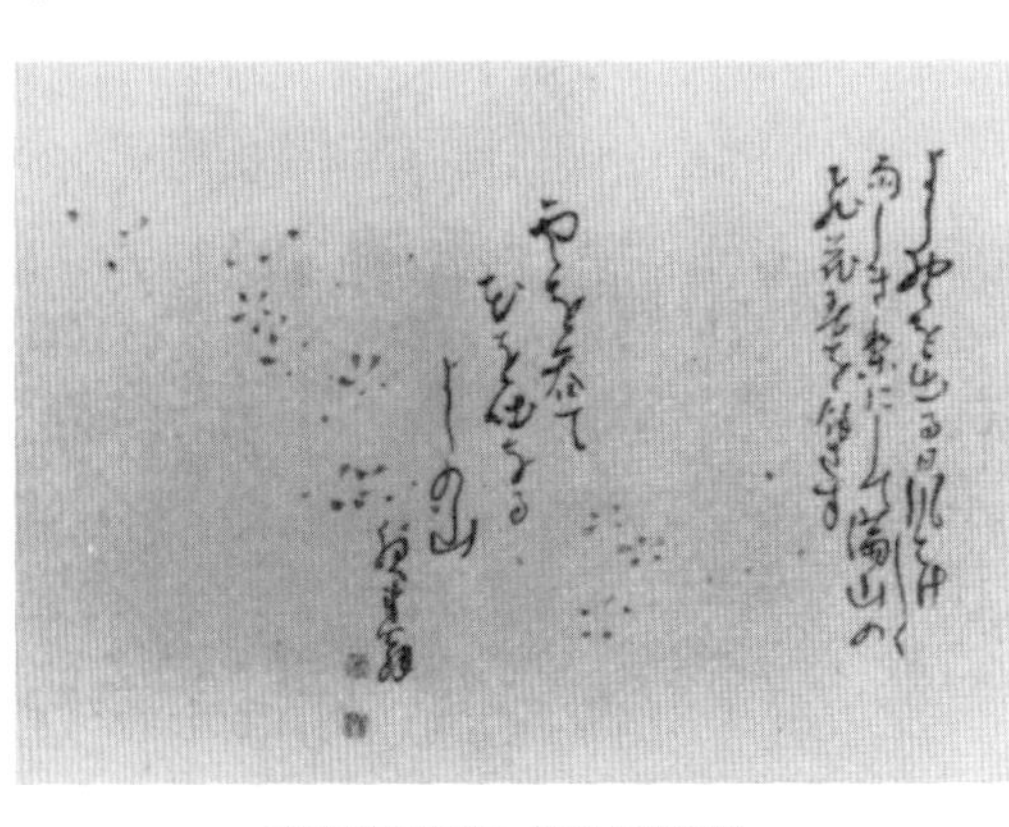

吉野花見懐紙（逸翁美術館蔵）

『花鳥篇』

天明二年五月、『花鳥篇』が出版された。蕪村の編集で板下も蕪村が書いている。同年二月二十一日付の仏心宛の手紙で「当春帖（歳旦帳）は相休み申し候ひて、桜の刷り

物出だし申し候」と述べており、歳旦帳の代わりに春興帳として「桜の刷り物」を出すことを、一月中から計画していたのである。この手紙には「少々高直（高価）に付き候刷り物故、社中へ費え、刻料（出版費用）よほどかかり申し候」とも記しているから、初めから相当凝った本を作るつもりであったらしい。あまり凝り過ぎたためか何かと手間取っているうちに夏になった。そのころ知人が宗因の「ほととぎすいかに鬼神もたしかに聞け」という短冊を入手したので、これを発句にして夜半亭一門で巻いた歌仙を加えて、『花鳥篇』と題して出版したのである。花は桜、鳥は時鳥である。

本書には小糸・石松・琴野など、蕪村の馴染みの芸妓の発句も入集するが、特に小糸は連句でも蕪村と共に名を連ねている。小糸の一座する連句（一二句）の表六句を左に記す。

いとによる物ならにくし凧　　大坂うめ
さそへばぬるむ水のかも河　　其答
盃にさくらの発句をわざくれて　　几董
表うたがふ絵むしろの裏　　小いと
ちかづきの隣に声す夏の月　　夜半

おりおりかほる南天の花　　佳棠

発句は大坂の梅女から手紙で送られてきたものである。梅女は大坂新地の芸妓で、後に月渓の後妻になった女性である。なかなかの才女で几董は彼女と両吟を試みている（『几董句稿』「丁酉之句帖」）。安永三年（一七七四）十一月二十三日付の大魯宛の手紙に梅女の名が見えるから、蕪村との付き合いは古い。彼女の名は正名宛の手紙に集中的に登場するから、正名贔屓の芸妓だったのだろう。其答は歌舞伎役者沢村国太郎である。夜半が蕪村であることはいうまでもない。なお、本書にはほかに、慶子（中村富十郎）・巴江（芳沢いろは）・雷子（二世嵐三五郎）・眠獅（嵐雛助）などの役者の名が見える。慶子は絵も巧みで、本書巻末に時鳥の絵を描いている。まことに花やかな顔触れであり、造本に凝った蕪村の気持ちもよくわかる。

「ほととぎす」歌仙には蕪村を初めとする夜半亭一門の面々が名を連ねているが、その中に宰町の名が見える。例によって、蕪村は二十代の旧号をここでも用いたのである。

本書の出版費用は門人から徴収するつもりであったようだが、金の集まりが悪く「さてさて花鳥篇、不寄りにて、愚老損耗御察し下さるべく候」（百池宛、天明2・7・11）と嘆いている。造本に凝り過ぎて予想以上に高い本になり、結局出版料は蕪村の持ち出しになったのである。

天明二年八月二十四日、檀林会が几董の春夜楼で催されることになったが、「腹瀉」のため参加できないと、同日付の手紙で蕪村は几董に報じている。この中で「先日よりかたく禁酒にて、一向俳情も取り失なひ申し候」と述べているが、蕪村が禁酒をするとはよくよくのことで、よほどひどい下痢に苦しんでいたらしい。禁酒の効果があったのか、その後しばらくは病気の記事はみえない。

『俳題正名』

同年九月、伏見の鷺喬が『俳題正名』という本を出版し、蕪村はその序文を書いた。本書は俳諧の季題の正しい表記（漢名）を示そうとするもので、たとえばウグイスを「喚起鳥」と記している。蕪村は序文の中で、正しい表記を知る必要性を説き「一たびこれ（本書）をひらけば、かの去嫌（俳諧の規則）の取捨、掌をさすがごとし。まことに俳諧の『正字通』（中国の字書）なり。鷺喬はそれ白鹿洞（朱子が学問を説いた場所）の人か」と述べて、本書を大いに持ち上げているが、宛て名不明の手紙（岩波文庫『蕪村書簡集』では暮蓼宛と推定）では「あまり役に立ち候書にてはなく候」（天明2・12・11）と記している。手紙の方が蕪村の本音であることはいうまでもなく、蕪村が学をひけらかすことを嫌ったことは、すでに述べた通りである。その蕪村が本書の序文を書いたのは、鷺喬が門人であり、また板元の一人がこれまた門人の佳棠であったからであろう。

天明二年の春以後、蕪村は自分の発句を集成整理して自筆の発句帳を作り始め、天明三年の春までには書き終えた（尾形仂『蕪村自筆句帳』）。百池宛の手紙の中で「春に至り、愚老句集、佳棠世話にて急々出版いたし申すつもり（に）候」（□・12・22）と述べている通り、自分の発句集を出版する資料としてこれを使うつもりだったのである。蕪村死後に出版された『蕪村句集』（几董編）の跋文で田福は、蕪村はいつも「発句集はなくてもありなんかし。世に名だたる人の、その句集出でて日頃の声誉を減ずるもの多し。いはんや汎々（凡庸）の輩をや」といっていたと書いている。蕪村自身も『新花摘』の中で「発句集は出さずともあれ、など覚ゆれ」と書いている。その蕪村が発句集を出版しようというのは矛盾しているが、門人たちに残す形見として句集を出版しようとしたのだと思う。とにかく蕪村自選の発句集は出版されることなく彼は没し、自筆の発句帳が遺された。その後、この発句帳はばらされて句稿として売られ、蕪村の娘の結婚費用に当てられたという。この句稿はかなりの数が現存し、尾形仂氏によってほぼ元の形に復元された（『蕪村自筆句帳』）。なお、蕪村没後に几董が編集した『蕪村句集』は、佳棠の汲古堂から出版された。

天明三年

衡岳露頂図

天明三年（一七八三）、蕪村は六十八歳になった。体調はよかったらしく、前年から引き続き体の不調を訴える文言は手紙の中に見えない。この年正月に大津義仲寺の襖絵八枚を描いた。四枚には石の絵が描かれ、他の四枚は「衡岳露頂」と題された山岳の絵である。明治の画家柴田是真の手控え帳の中にこれを模写した縮図があり、石図の方に「王藍田筆意ニ倣フ　癸卯（天明三年）春正月、雪堂ニ於イテ写ス　夜半翁」と記されている（日本美術絵画全集『与謝蕪村』）。右の款記により、この襖絵が蕪村の画室の雪堂で描かれたことがわかる。「衡岳露頂図」は現在屏風に仕立て直されているが、痛みがひどく元の面影をほとんどとどめていない。石図の方は所在不明である。

この年二月四日に書かれた士川宛の手紙に「御酒いつ迄も相待ちまかり有り候」と記されている。当時は体調もよく、酒を飲める状態であったことがわかる。士川は灘大石の資産家で、酒造業を営み友鶴という銘酒を作っていた。蕪村には灘の士川、伊丹の東瓦など、酒造業を営む門人がいたから酒には不自由しなかったであろう。

芭蕉百回忌

この年三月、尾張の暁台によって芭蕉百回忌の追善俳諧が興行された。実際は没後九十年だが、十年取り越して百回忌としたのである。三月十一日、十二日は大津義仲寺内の幻住庵、十四日から十七日までは洛東安養寺の端寮、二十三日には金福寺の芭蕉庵において、追善俳諧が興行されており、興行日数七日という大掛かりな追善興行であった（『風羅念仏』「法会之巻」）。蕪村はこの興行に全面的に協力した。丹波篠山（兵庫県多紀郡篠山町）の苽堂・古貢・暮蓼宛の手紙の中で、

もっとも諸国より上京、右の俳諧に逢ひ候人々の雑用費は、みな暁台よりまかなひ候つもりに御座候。まことに治世、俳諧の盛事にて候。是非御上京なさるべく候。（天明3・3・2）

と、丹波篠山連中の参加を呼びかけている。伊丹の士川や京都の魚官に参加を呼びかけた手紙もあり、一門を挙げて協力しようという蕪村の姿勢がうかがえる。彼自身も十七日と二十三日の二日にわたって出席しているが、百池が四日間、月居が二日間にわたって執筆を勤めたのも蕪村の計らいであろう。

この後も、四月・五月・九月と夜半亭の月並句会に出席し、その間に、八月九日には太祇の十三回忌、同十五日は月見の句会、九月一日には召波十三回忌の追善俳諧、九月十三日には金福寺で月見の会（後の月）があり、蕪村の俳諧活動に衰えはみえない。とくに、太祇追善の俳席には、悪天候をおして出席している。

八月十五日の名月には、

さくらなきもろこしかけてけふの月

という句ができたが、如瑟宛書簡で蕪村は、

この句法は、当時流行の蕉風にてはなく候。近来の蕉門といふもの、多くあやなし候句ばかりいたし、俗耳をおどろかし候。実はまぎれ物に候故、わざと、かようの句をいたし置き候。（天明3・8・22）

と述べている。「近来の蕉門」とは支考・麦林（乙由）系の俳人で形成される集団をいい、右の文面はその統轄者である蝶夢を、暗に批判したものである（田中道雄「蕪村が占めた座標」、鑑賞日本古典文学『蕪村・一茶』）。

蝶夢は京都の僧侶で、芭蕉の顕彰に最も功績のあった人物であり、蕉風復古運動のリーダーの一人として、彼の名は当時諸国に知れ渡っていた。元は宋屋の門人だから蕪村と同じ俳系に属するが、しかし二人はほとんど没交渉であった。

『新雑談集』（几董著、天明5）の跋文を蝶夢が書いていることからわかるように、几董は蝶夢と親しく、しばしば洛東岡崎の草庵に蝶夢を訪ねている（『几董句稿』）。しかし蕪村の方は、宝暦年間に蝶夢と若干の交渉があったが、明和以後はまったく没交渉である。写実的な俳風の蝶夢と作意を重んじる蕪村とでは、志向する方向が異なることは、右に

引用した手紙の文面に明らかだが、それ以前に性格的に相入れないものをお互いに感じていたに違いない。謹厳で品行方正な蝶夢と、若い連中と茶屋遊びなどをしている蕪村とではうまが合うわけがない。

宇治田原行

九月に毛条（もうじょう）に招かれて宇治田原へ門人と小旅行を試みている。田原ではよほど歓待されたとみえて、「みなみな生涯覚えなきたのしみ、言語に尽くす所御座無く候」と毛条への礼状に記している（天明3・9・17）。これが蕪村にとって最後の行楽になった。帰後、毛条からおびただしく松茸を送られた。このころまでは体調もよかったらしく、手紙の中に病気の記事はない。

「百老図」

このころ「百老図」を描いた。款記に「天明癸卯（きぼう）（三年）秋九月、百老図ヲ写シ得タリ　謝寅」と記されているが、制作年次の判明する作品の中では、これが蕪村の最後の作品である。

四　終　焉

体調悪化

天明三年（一七八三）の十月に入ると体調が悪くなり、「このほどは持病の胸痛にて、はなはだこまり申し候」(二柳宛、天明3・10・3)、「このほどは持病の胸痛にて、しばらく引きこもり候」(士川・士喬・士巧宛、天明3・10・4)、「このほどは持病の胸痛、よほどこまりはて申し候」(正名宛、天明3・10・5)と、誰彼構わず胸の痛みを訴えるようになる。俳友の二柳に宛てた手紙には、「大かた天年も尽くし候故、やがてアッチものと覚悟いたし心細く候」(天明3・10・3)という文言もみえる。寿命も尽きたから、間もなくあの世行きだろうというのである。こうした状態にあっても仕事の注文は相変わらず多く、前掲の正名宛の手紙の中で「さても近年画と俳とに諸方より責められ、ほとんどこまり申す事に候」と嘆いている。

六十八歳という老齢だから、体力や気力が衰えていたことは確かだろうが、自分の病状をオーバーにいう傾向のある蕪村のことだから、この時点で彼が本当に死を覚悟していたかどうか疑わしい。胸が痛いといいながら、十月十日に行われた夜半亭月並句会に出席した。探題・兼題の発句が一句ずつ記録されているが、この後に行われた連句に蕪村の名は見えない(『月並発句帖』)。

麦水没

十月十四日に中興俳諧のリーダーの一人であった加賀の麦水が没した。行年六十六歳。宝暦十三年(一七六三)に成った彼の『うづら立』の巻頭に蕪村の鶉の絵があるから、

『五車反故』序半丁・署名部分（天理大学付属天理図書館蔵）

このころすでに蕪村と麦水との間に何らかの交渉があったらしい。その後安永年間に、二柳の「夕がほも扇も終に秋の風」を発句とする歌仙に蕪村は麦水と同座しており、他にも安永年間の麦水と蕪村の交渉を示す資料はあるが、その後親密な関係に発展した様子はない。

十一月に入ると蕪村は病床にあることが多くなったようだ。「桂附（健胃剤）の力をもつて復常を願ひ候」（几董宛、天明3・11・10）と、なお回復に期待をかけていたが、その後病状は重くなる一方であった。そうした状況の中にあって、召波の十三回忌の追悼集として遺児維駒が編集した『五車反古』の序文を書いて、「病夜半題（病夜半、題ス）」と署名した。夜半は蕪村の別号である。『五車反古』は蕪村七部集の最後の撰集である。几董の「夜半翁終焉記」（『から檜葉』）に「これぞ生前筆の採りおさめ」と記されている通り、この序文が蕪村の絶筆となった。『五車反古』には、この絶筆がそのまま模刻されて収められている。

『画人蕪村』に、蕪村の死の五日前の、十二月二十日にしたためられた月渓の手紙（毛条宛）が紹介されている。これによると、当時蕪村の治療に当たっていたのは、良庵という医者であった。良庵の名は井上先生宛の蕪村の手紙（□・2・12）に見えるが、この手紙により、良庵は井上先生の息子であり、しばらく蕪村の家に寄宿していたことがわかる。井上先生についても何もわからず、したがって良庵についても未詳というほかはないが、この月渓の手紙に、

良庵子は国方御主人用にて止む事を得ず、両三日以前帰国にて御座候故、なおなお無人、いよいよ小生、当家（蕪村の家）にて越年のつもりに御座候……

と書かれているから、どこかの藩の藩医であったことが判明する。良庵が帰国した後は

蕪村の家は無人になり、月渓は師の家で越年するつもりだったのである。

この時、月渓はまだ蕪村の死を予期していなかったようだが、この直後に病勢が悪化し、急遽梅亭や蕪村の姉が呼ばれたらしく、几董の「夜半翁終焉記草稿」には、「妻子（母子と書いて妻子と直す）・両姉をはじめ、月渓・梅亭の人々、朝夕の起臥を扶けて、介抱のこるかたなし」と記されている。ここに蕪村の姉が登場することは極めて興味深い。蕪村が故郷を出てから半世紀ほどが経過しているが、おそらく二人の姉とは故郷を出て以来初めての再会であったであろう。

この姉を蕪村の妻の姉とする説もあるが、ここに登場する妻子が蕪村の妻子であることはいうまでもなく、月渓・梅亭が蕪村の門人であることもいうまでもないことだから、両姉もまた蕪村の両姉と考えるのが当然の筋道であろう。蕪村の臨終に際して、急遽蕪村の妻の姉が呼ばれたとは考えられない。

蕪村の姉がどこに住んでいたかわからないが、私は毛馬であろうと思う。毛馬ならば十二月二十日以後、病勢が悪化した直後に連絡しても、蕪村の死には十分間に合う距離である。

十二月二十四日の夜、蕪村は月渓を枕元に呼び寄せて、

冬鶯むかし王維が垣の外

うぐひすや何ごそつかす藪の霜

しら梅に明くる夜ばかりとなりにけり

の二句を書き取らせた後、なお一句を案じて、

と吟じ、「この三句を生涯語の限りとし、睡れるごとく臨終正念にして、めでたき往生をとげたまひけり」と、「夜半翁終焉記」に記されている。蕪村が没したのは、天明三年十二月二十五日の未明であった。享年は六十八歳である。ただし、右の三句を記した月渓自筆の句稿では、最後の白梅の句の上の句は「白うめの」と記されている（岡田利兵衛「蕪村の終焉」『俳文芸』9）。

死後すぐに茶毘に付したが、しばらくは病中の体にとりつくろい、正月の松飾りを取り払うころに世間に

蕪 村 墓

蕪村の死を披露した。正月二十五日に改めて葬儀を執り行い、遺骨を金福寺に葬った。蕪村の生家の菩提寺(ぼだいじ)は毛馬にあったのであろうが、故郷の菩提寺に分骨された様子はない。芭蕉の場合、遺骸は大津の義仲寺に葬られたが、伊賀上野の松尾家の菩提寺愛染院(あいぜんいん)に遺髪が納められて故郷塚が築かれた。蕪村には、死後帰るべき故郷はなかったのである。

略年譜

年次	西暦	年齢	事跡	参考事項
享保 元	一七一六	一	摂津国東成郡毛馬村（大阪市都島区毛馬町）に生まれる。姓は谷	
九	一七二四	九		一月、服部南郭校訂『唐詩選』刊
二〇	一七三五	二〇	この頃江戸へ下る	
元文 二	一七三五	二二	宋阿の内弟子となり、本石町に住む。同門の雁宕と親交を結ぶ	宋阿（巴人）京より江戸に下り夜半亭を営む
三	一七三八	二三	「夜半亭歳旦帳」に宰町号で入集○『卯月庭訓』に自画賛が入集	
四	一七三九	二四	「夜半亭歳旦帳」「楼川歳旦帳」「渭北歳旦帳」に入集○其角・嵐雪三三回忌追善集『桃桜』（一一月跋）に宰鳥号で入集	この頃、毛越、京より江戸に下るか
五	一七四〇	二五		一一月、渭北編『わかだわら』刊
寛保 二	一七四二	二七	下総結城の雁宕のもとに寄寓した後、しばらく結城に滞在	六月六日宋阿没○一一月、毛越編『曠野菊』刊
三	一七四三	二八	春か夏、東北行脚に出掛け、冬結城に帰る○宋阿追善集『西の奥』に入集	

年号	西暦	年齢	事項	関連事項
延享 元	一七四四	二九	宇都宮で「歳旦帳」を刊行、号を蕪村と改める	七月三日、下野烏山の潭北没
二	一七四五	三〇	晋我追悼詩「北寿老仙をいたむ」を作り、釈蕪村と署名する○この頃出家する	一月二八日、結城の早見晋我没○九月、二世湖十編『江戸二十歌仙』刊
三	一七四六	三一	一時江戸へ出て増上寺の裏門に住む○服部南郭に対面するか	京都の宋屋が東北行脚の途次結城を訪れる
四	一七四七	三二		春、江戸の蓼太、雪中庵三世を継承
寛延 元	一七四八	三三	この頃結城弘経寺・下館中村風篁家などに画作を残す○画号を子漢・四明と称す○『西海春秋』（田鶴樹編）に阿誰との両吟歌仙、ならびに発句一入集	五月三〇日、柳居没○一〇月、田鶴樹編『西海春秋』刊
三	一七五〇	三五	冬、京都へ向けて出立するか	
宝暦 元	一七五一	三六	春、信州岩村田の吉沢鶏山を訪ねるか○秋、上京し、毛越・宋屋を訪ねる○毛越の『古今短冊集』の出版に協力し、序文を書く○嚢道人の別号を使い始める○この頃三宅嘯山と親交を結ぶ	六月二日、露月没○秋頃、江戸より太祇上京○一一月、丈石編『誹諧家譜』刊○冬、毛越編『古今短冊集』刊
二	一七五二	三七	二月、一瓢還暦賀集『瘤柳』刊、毛越・一瓢・虹竹との四十四一巻、および発句一入集○洛東双林寺の貞徳百回忌法楽十百韻（練石主催）に出席○七月、『反古衾』刊、李井（存義）・百万（旨原）との三吟歌仙、および発句二入集	八月二五日、百川没○この年、竹渓、宮津見性寺の住職となるか
三	一七五三	三八		八月、書家の平林静斎没

四	一七五四	三九	春、丹後与謝に行き宮津の見性寺（住職は竹渓）に寄寓○以後宮津滞在中に多くの画作を残す○画号を朝滄と称する	夏頃、太祇、島原遊郭内に不夜庵を結ぶ○六月、宋阿一三回忌追善集『明の蓮』（宋屋編）刊
五	一七五五	四〇	初老の年を迎える○この時から「丹青不知老至」の印章を使い始めたか○二月、宋阿の発句集『夜半亭発句帖』が刊行され、跋文を書く○五月、雲裡坊を迎えて宮津の俳人と歌仙あり	四月一一日、渭北没○この頃、嘯山、俳諧点者となるか
六	一七五六	四一	三月、宮津の凝視亭において同地の俳人と歌仙を巻く○春、『東風流』（春来編）刊、春来・大済・雁宕・存義との五吟歌仙入集	土佐の陶山南濤、宮津藩に仕官
七	一七五七	四二	宮津の真照寺（住職は鷺十）に「天の橋立図賛」を残し、九月に帰京○帰京後、画号を趙居と改め、画室を朱瓜楼（あるいは朱菓楼）と称す	太祇編『夏秋集』刊○宋屋の古希賀集『机すみ』成る○冬、几圭、俳諧点者となり、宗是と改号
八	一七五八	四三	『はなしあいて』（几圭編）刊、発句二入集し挿絵一葉を描く	二月一五日、沾山没○七月二六日、下館の大済没○雁宕上京○宋阿一七回忌追善集『戴恩謝』（宋屋編）刊
九	一七五九	四四	「牧馬図」を描き三菓書堂と記す。これが三菓という号の初見である	三月、樗良編『白髪鴉』成る○三月、暁台、尾張徳川家を致仕○六月二一日、服部南郭没○一一月九日、雨森章廸、山脇東洋に入門○嘯山訳『通俗酔菩提全伝』刊

年号	西暦	年齢	事項	参考事項
一〇	一七六〇	四五	還俗して与謝を名乗る○この年結婚するか○画号を長庚と称す○「倣王蒙・倣米芾山水図屛風」を描く	五月、将軍家重が辞職し、将軍職を家治に譲る○九月一三日、移竹没
一一	一七六一	四六	四月、雲裡坊追善歌仙に参加	四月二七日、雲裡坊没○一一月二日、大坂の淡々没○蓼太編『芭蕉翁七部捜』刊
一二	一七六二	四七		一二月二三日、几圭没○冬、樗良、伊勢山田に無為庵を結ぶ○麦水上京
一三	一七六三	四八	嘯山編『俳諧古選』に入集○画室を碧雲堂と号す○屛風講が始まり、「野馬図屛風」などを描く○この頃春星の別号を用い始め、長庚と併用する	一〇月、暁台編『蛙啼集』刊○闌更編『花の故事』刊○麦水編『うづら立』刊
明和元	一七六四	四九	屛風講のために「山水図屛風」「柳塘晩霽図屛風」などを描く	一二月、雁宕編『合浦俳談草稿』成る
三	一七六六	五一	「茶筵酒宴図屛風」などを描く○この年で屛風講は終わる○六月二日、鉄僧の大来堂で三菓社句会が始まる○九月、讃岐へ出立する	三月一二日、宋屋没○鷺十編『はし立の秋』刊
四	一七六七	五二	三月、宋屋一周忌法会のため一時帰京○五月、琴平で「秋景山水図」を描く	宋屋一周忌追善集『香世界』(武然編)刊
五	一七六八	五三	三月、『平安人物志』刊。「画家」の部に記載される。住所は「四条烏丸東へ入ル町」と記載○四月、丸亀妙法寺に滞在、「山水図襖絵」などを描く○四	六月八日、伏見の鶴英が三菓社句会に参加○七月四日、田福が三菓社句会に参加○琴平の暮牛、京都に長期

			月二三日、帰京の途につく○五月六日、大来堂において三菓社句会が再開	滞在
六	一七六九	五四	一月、太祇編『鬼貫句選』出版、蕪村の跋文あり○二月、摂津生田社奉納歌仙（願主貝錦）に一座○冬、江戸の泰里を迎えて、嘯山・五雲・図大と歌仙を巻く	五月、嘯山・太祇・随古編『平安二十歌仙』刊○一〇月、泰里、江戸より上京○嘯山・賈友編『ひやうたん集』（宋屋著）刊
七	一七七〇	五五	三月、夜半亭を継ぎ俳諧宗匠となる。以後、夜半亭の号を多用する○七月、几董が入門する○一〇月一日、夜半亭社中の「高徳院発句会」始まる○一二月、竹護（嵐山）・武然・五雲・図大・馬南（大魯）・太祇と歌仙を巻く	一月、東洞院に鉄僧の大来堂が落成○二月、几董、伊勢参宮の旅行をする○三月、暁台、東北行脚に出立○六月、竹護（嵐山）が三菓社句会に参加○七月、几董・大魯入門○一〇月、泰里、江戸へ帰る○麦水著『俳諧蒙求』『貞享蕉風句解伝書』成る○蝶夢が『おくのほそ道』を復刊
八	一七七一	五六	一月、夜半亭歳旦帳「明和辛卯春」を刊行○十口編『誹諧家譜拾遺集』に俳諧宗匠として登録される。住所は室町通綾小路下ル町○八月、大雅との合作「十便十宜画冊」を制作○一二月、多少・武然・竹護（嵐山）・馬南・五雲・春武と歌仙を巻く	四月、百池が入門する○五月、雁宕著『蓼すり古義』刊○八月九日、盟友太祇が没す○一二月七日、門人召波が没す○白雄著『かざりなし』刊
安永 元	一七七二	五七	春、「夜半亭歳旦帳」刊○百池のために「四季山水図」四幅対を描く○一二月、武然・多少・必化（五	秋、几董編『其雪影』刊○秋、大魯、西播磨方面を旅行する○一二月一五

			雲）・嵐山・几董と歌仙を巻く	日、下総関宿の阿誰没○一二月、暁台門編『秋の日』刊○雁宕著『一字般若』刊
二	一七七三	五八	夏、東山睡虎亭における旧国（大江丸）主催の句会に出席。連衆は呑溟・大江丸・蕪村・几董・丈芝・西羊・一音○九月、樗良を迎えて『此ほとり一夜四歌仙』成る。連衆は、蕪村・樗良・几董・嵐山○秋、太祇追悼歌仙に一座。連衆は、呑獅・五雲・嵐山・蕪村・几董・多少・吾琴○「四季山水図」四幅対などを描く	几董独立、春夜楼を結成し『初懐紙』を刊行する○二月、几董、伏見に遊ぶ○三月、月渓が入門○四月、宋阿門人の随古没○夏、大魯、一旦帰京し、剃髪して馬南を大魯と改号。秋頃、大坂に移住し、過書町に蘆陰舎を結ぶ○七月三〇日、雁宕没○七月、太祇三回忌追善集『石の月』（五雲編）刊○九月、几董、大坂に下り大魯を訪う。二柳宅で麦水と邂逅○九月二四日、嵐山没○秋、几董編『明烏』刊○阿誰追善集『その人』（浙江編）刊
三	一七七四	五九	一月、「夜半亭歳旦帳」を出版○一月、『也哉抄』（上田秋成著）の序文を書く○春、樗良・几董と歌仙を巻く○四月、暁台を迎え、丈芝・几董と歌仙を巻く。暁台・士朗らと嵯峨に遊ぶ○夏、宋阿三三回忌追善集『むかしを今』を刊行○秋、『芭蕉翁	三月、几董、吉野山・高野山を行脚○四月、暁台が丈芝を伴い上京。次いで士朗・都貢・宰馬も上京○六月、大魯校『道の技折』刊○宋阿三三回忌追善集『つかのかげ』（浄阿編）刊

			付合集』『玉藻集』成る○一〇月、暁台を迎えて、一音・美角・几董らと芭蕉追善の俳諧あり○「郭子儀図」などを描く	○士朗著『帋ぶくろ』刊
四	一七七五	六〇	一月、「夜半亭歳旦帳」を出版○一一月、『平安人物志』刊、蕪村の住所は仏光寺烏丸西へ入ル町○冬頃、病床につく	三月、去来著『去来抄』(暁台訂正・呑溟校)刊○五月、朝陽館五晴編『俳諧五子稿』(大魯序)刊○六月、几董・道立、大坂に遊ぶ○秋、几董、摂津・播磨を行脚○九月八日、加賀の千代没○暁台編『熱田三歌仙』刊
五	一七七六	六一	一月頃、『左比志遠理』(一音著)の序文を描く○二月二七日、暁台を迎えて、道立・呑溟・几董・我則と半歌仙あり○五月一三日、「洛東芭蕉庵再興記」を書く○秋、木屋町の樗良の旅宿で、蘭台・集馬・月居らと俳諧あり○一〇月、大坂の大魯を訪ねる。途次病臥○一二月、娘が結婚○この年、売り絵として俳画を描き始める○関白近衛内前の依頼で三幅対を描く○雪斎の号を用いる	一月、鷺喬編『曙草紙』刊○二月、暁台上京○二月、大魯、正名と絶交○二月、上田秋成上京○四月一三日、大雅没○四月、道立の発起で金福寺に芭蕉庵再建、写経社句会発足。『写経社集』刊○四月、秋成著『雨月物語』刊○五月八日、名古屋の都貢没○五月、几董、大坂に遊ぶ○六月、樗良上京、木屋町三条に仮住○秋頃、月居入門○九月、几董編『続明烏』刊○秋、維駒の妹没○秋、道立、江戸へ出立○秋、大魯、呉服町に移転

六	一七七七	六二	二月、春興帳『夜半楽』を刊行し、「春風馬堤曲」を発表○四月八日、『新花摘』を書き始める○四月一三日、几董と大坂に下り、同一九日帰京○四月二七日、夜半亭において、二柳・几董・道立と歌仙を巻く○五月一二日、二柳送別の歌仙興行。連衆は二柳・几董・蕪村・百池・道立・田福・維駒○五月頃、娘が離婚する○六月、「百句立の俳諧」を試みる○七月、『狂歌ならびの岡』（仙果亭嘉栗編）刊、挿絵二葉を描く○九月、季遊の依頼で「奥の細道図巻」を描く○一一月、召波七回忌の追善歌仙を巻く	○一〇月、正名、上京○土芳著『三冊子』（闌更編）刊 三月、几董、大津方面を行脚○五月、大魯、大坂を去り兵庫に移住、三遷居を結ぶ○九月二二日、金福寺に芭蕉顕彰碑が落成○冬、雨森章廸の一子没○麦水編『新みなし栗』刊○雅因没
七	一七七八	六三	一月、暁台が上京し、一九日、維駒の主催で三本木玉柳において夜半亭小集を催す○三月、几董と大坂・兵庫へ旅行する○五月、「野ざらし紀行図巻」を描く○六月、来屯の依頼で「奥の細道図巻」を描く○七月、「山水図」を描き、謝寅と署名する。絵における謝寅号の初見である○一〇月二日、暁台・士朗を迎えて、百池の微雨楼で俳諧興行○一一月、「奥の細道図巻」をもう一点描く○冬、「寒	正月、大坂の梅女上京○春、暁台上京○五月、大魯上京○六月初旬、来屯上京○六月一六日、旨原没○一一月一三日、大魯没

八	一七七九	六四	林孤亭図」を描き、寒林翁蕪邨と署名する 一月、杜口の古希の賀の百韻に一座。また杜口と両吟歌仙を巻く○四月、檀林会を結成、蕪村が宗匠、几董が会頭を勤める○九月一二日、大津義仲寺の幻住庵に暁台を訪問○九月二一日、上京中の木村蒹葭堂を木屋町の旅宿に訪問○秋、「奥の細道図屏風」を描く○一〇月、維駒の依頼で「奥の細道図巻」を描く○一〇月、「芭蕉翁自画賛」を描く	六月一四日、宮津見性寺の竹渓没（死没当時は摂津国武庫郡来迎寺の住職）○一一月、大魯句集『蘆陰句選』（几董編）刊○美角没
九	一七八〇	六五	三月、畠中銅脈と嵐山で花見○一一月、几董と両吟の『ももすもも』成る	一一月一六日、樗良没
天明元	一七八一	六六	五月、金福寺に芭蕉庵を改築再建。これを記念して自筆の「芭蕉庵再興記」を同寺に奉納○一〇月、暁台編『風羅念仏 京摂』（未刊）の序を書く	月渓、摂津国池田に移住○秋、暁台、「風羅念仏」勧進の行脚に出立
二	一七八二	六七	三月、吉野山へ旅行○五月、『花鳥篇』を出版○六月、『俳題正名』に序文を書く○八月、体調を崩し禁酒	春、月渓、呉春と改称○三月二二日、名古屋の宰馬没○一〇月三〇日、江戸の存義没○一一月二九日、江戸の楼川没
三	一七八三	六八	一月、義仲寺の襖絵を描く○三月、魚官夫婦と家族揃って花見をする○三月、暁台主催の芭蕉翁百回忌に参加○八月九日、太祇追善俳諧（呑獅主催）に出席○九月一日、維駒・田福と召波十三回忌追	一〇月一四日、麦水没

善俳諧を興行○九月、宇治田原へ旅行○「百老図」を描く○一〇月、体調を崩す○一一月、『五車反古』（維駒編）の序文を描く○一二月二五日、未明に没す

主要参考文献

一、作品集・書簡集

古典俳文学大系『蕪村集　全』　大谷篤蔵他校注　集英社　昭和四七年
水墨美術大系『大雅・蕪村』　飯島勇・鈴木進編　講談社　昭和四八年
文人画粋編『与謝蕪村』　佐々木丞平解説　中央公論社　昭和四九年
日本の美術『与謝蕪村』　佐々木丞平編　至文堂　昭和五〇年
俳人の書画美術『蕪村』　岡田利兵衛編　集英社　昭和五三年
新潮日本古典集成『与謝蕪村』　清水孝之校注　新潮社　昭和五四年
日本美術絵画全集『与謝蕪村』　吉沢忠編　集英社　昭和五五年
『蕪村画譜』　山本健吉・早川聞多編　毎日新聞社　昭和五九年
『蕪村集』　藤田真一編　和泉書院　昭和五九年
『蕪村俳句集』（岩波文庫）　尾形仂校注　岩波書店　平成一年
『与謝蕪村句集　全』　永田龍太郎編　永田書房　平成三年
『蕪村書簡集』（岩波文庫）　大谷篤蔵・藤田真一校注　岩波書店　平成四年

『蕪村全集』（刊行中）　尾形仂他校注　講談社　平成四年〜
水墨画の巨匠『蕪村』　芳賀徹・早川聞多編著　講談社　平成六年

二、研究書

俳句シリーズ人と作品『与謝蕪村』　大礒義雄著　桜楓社　昭和四四年
『与謝蕪村の世界』　森本哲郎著　至文堂　昭和四四年
『俳画の美　蕪村・月渓』　岡田利兵衛著　豊書房　昭和四八年
『蕪村自筆句帳』　尾形仂著　筑摩書房　昭和四九年
『安東次男著作集4（与謝蕪村）』　安東次男著　青土社　昭和四九年
鑑賞日本古典文学『蕪村・一茶』　清水孝之・栗山理一編　角川書店　昭和五一年
『芭蕉・蕪村』　尾形仂著　花神社　昭和五三年
『潁原退蔵著作集13（蕪村と門人）』　潁原退蔵著　中央公論社　昭和五四年
『蕪村の世界』　山下一海著　有斐閣　昭和五七年
『蕪村の丹後時代』　谷口謙著　人間の科学社　昭和五七年
『与謝蕪村の小さな世界』　芳賀徹著　中央公論社　昭和六一年
『戯遊の俳人与謝蕪村』　山下一海著　新典社　昭和六一年
『与謝蕪村』　山本健吉著　講談社　昭和六二年

『蕪村』　丸山一彦著　花　神　社　昭和六二年
『俳諧師蕪村・差別の中の青春』　小西愛之助著　明石書房　昭和六二年
『蕪村事典』　松尾靖秋他編　桜　楓　社　平成　二年
『蕪村の手紙』　村松友次著　大修館書店　平成　二年
『蕪村　画俳二道』　瀬木慎一著　美術公論社　平成　二年
江戸人物読本『与謝蕪村』　谷地快一編　ぺりかん社　平成　二年
『蕪村の遠近法』　清水孝之著　国書刊行会　平成　三年
『蕪村の世界』　尾形仂著　岩波書店　平成　五年
『蕪村研究資料集成』　久富哲雄・谷地快一監修　クレス出版　平成五―六年
『蕪村筆蹟の研究』　岡田彰子著　和泉書院　平成　七年
『与謝蕪村散策』　矢島渚男著　角川書店　平成　七年

三、雑誌特集号

「国文学解釈と鑑賞」（天明の詩人与謝蕪村）　至　文　堂　昭和五三年三月
「俳句」（特集蕪村の文学と美術）　角川書店　昭和五八年九月
「文学」（蕪村）　岩波書店　昭和五九年十月
「俳句研究」（特集蕪村に学ぶ）　富士見書房　平成　七年七月

著者略歴

昭和十五年生れ
早稲田大学第一文学部卒業、同大学院文学研究科修士課程修了
早稲田大学図書館、高知女子大学、文部省、武蔵野女子大学に勤務
現在　白百合女子大学教授

主要編著書

初期俳諧の研究　蕪村事典(共編)　永遠の旅人松尾芭蕉(共著)　近世諸家書簡集釈文本朝水滸伝・紀行・三野日記・折々草(共著)芭蕉転生の軌跡

人物叢書　新装版

与謝蕪村

平成八年十一月一日　第一版第一刷発行

著者　田中善信(たなかよしのぶ)
編集者　日本歴史学会
代表者　児玉幸多
発行者　吉川圭三
発行所　株式会社 吉川弘文館
東京都文京区本郷七丁目二番八号
郵便番号一一三
電話〇三―三八一三―九一五一〈代表〉
振替口座〇〇一〇〇―五―二四四
印刷＝平文社　製本＝ナショナル製本

『人物叢書』（新装版）刊行のことば

人物叢書は、個人が埋没された歴史書が盛行した時代に、「歴史を動かすものは人間である。個人の伝記が明らかにされないで、歴史の叙述は完全であり得ない」という信念のもとに、専門学者に執筆を依頼し、日本歴史学会が編集し、吉川弘文館が刊行した一大伝記集である。

幸いに読書界の支持を得て、百冊刊行の折には菊池寛賞を授けられる栄誉に浴した。

しかし発行以来すでに四半世紀を経過し、長期品切れ本が増加し、読書界の要望にそい得ない状態にもなったので、この際既刊本の体裁を一新して再編成し、定期的に配本できるような方策をとることにした。既刊本は一八四冊であるが、まだ未刊である重要人物の伝記についても鋭意刊行を進める方針であり、その体裁も新形式をとることとした。

こうして刊行当初の精神に思いを致し、人物叢書を蘇らせようとするのが、今回の企図である。大方のご支援を得ることができれば幸せである。

昭和六十年五月

日本歴史学会

代表者　坂本太郎

〈オンデマンド版〉
与謝蕪村

人物叢書　新装版

2020年（令和2）11月1日　発行

著　者　田 中 善 信（た なか よし のぶ）
編集者　日本歴史学会
代表者　藤 田 覚
発行者　吉 川 道 郎
発行所　株式会社　吉川弘文館
〒113-0033　東京都文京区本郷7丁目2番8号
TEL　03-3813-9151〈代表〉
URL　http://www.yoshikawa-k.co.jp/
印刷・製本　大日本印刷株式会社

田中　善信（1940～）

ISBN978-4-642-75203-9